Das versprochene "Morgen"

 tredition

Bernhard Schaffrath-Pramme

Das versprochene "Morgen"

Andy

© 2019 Bernhard Schaffrath-Pramme

Buchsatz von tredition, erstellt mit dem tredition Designer

ISBN Softcover: 978-3-7497-3084-1
ISBN Hardcover: 978-3-7497-3085-8
ISBN E-Book: 978-3-7497-3086-5

Druck und Distribution im Auftrag des Autors:
tredition GmbH, Halenreie 40-44, 22359 Hamburg, Germany

Inhaltsverzeichnis

Das versprochene „Morgen"

1.   Andy

Das Wetter zeigte sich seit Wochen sommerlich warm nach etwas trüben Frühlingstagen, weckte Tote, wie man sagt, ließ einen herrlichen Zeitabschnitt erwarten. Saftiges Grün löste in vielen Bereichen das Grau des verregneten Vorfrühlings ab und verwöhnte uns mit fast sommerlichen Tagen. Alles deutete auf das beginnende Leben hin, vor Kraft strotzend. Und dann die für uns alle unfassbare Nachricht, dass Andy tot war.

Das mittelgroße Dorf war inzwischen schon deutlich erweitert durch Zugezogene gegenüber der Zeit, in der sich die Hauptgeschichte abspielt. Es beheimatete zwar nach wie vor die paritätisch verteilten politischen Gegensätze der Junge-Union-Anhänger und der erklärten Jusos, die sich damals bis aufs Blut bekämpft und keine Gelegenheit der Demütigung und auch Verletzung der gegnerischen Gruppe ausgelassen hatten. Die Auseinandersetzungen waren nicht unbedingt weniger aggressiv geworden in den vergangenen Jahren, aber sie hatten angesichts der vielen Unglücksfälle, die den Ort heimgesucht hatten, an Schärfe etwas verloren. Man wünschte dem anderen nicht mehr den Tod und man riskierte auch nicht sein unbeabsichtigtes Ableben. Vielleicht waren auch alle Beteiligten erwachsener geworden, stritten mit Worten und drohenden Fäusten, ließen aber die Messer stecken. Vielleicht aber waren viele auch nur traurig oder gar entsetzt über die Vorfälle der letzten Jahre, die sich wie ein roter Faden des „Sensemannes" durch das dörfliche Leben zogen und keinen unberührt ließen, auch nicht die dokumentierten Gegner.

Und nun der Tod von Andy, unfassbar und unvorhersehbar, ein Arbeitsunfall in dem mit einer kleinen Gruppe von Freunden gegründeten Transportunternehmen - jede Hilfe kam zu spät.

Er sei sofort tot gewesen, weinend berichtete sie am Telefon, informierte alle, die ihn gekannt, gemocht, geliebt hatten, von denen sie annahm, dass sie ihm die letzte Ehre erweisen wollten. Meist Schweigen am anderen Ende der Leitung, manchmal auch ein unpassendes Aufziehen der Nase, hin und wieder ein Schluchzen - sie kämen. Aufgestellte Pressspanplatten seien plötzlich aus den Fugen geraten, hätten ihn unter sich begraben und ihm das Genick gebrochen, einfach so und ohne Schmerz, er sei sofort tot gewesen.

Andy habe einen Moment nicht aufgepasst, seine eigenen Regeln missachtet, niemals ungesichert schwere Holzplatten aneinander zu reihen und dem Aufbau dann den Rücken zuzuwenden, dann sei der errichtete Berg umgekippt. Und ehe er es noch gemerkt hätte, hätten sich die Platten tonnenschwer über ihn gestürzt. Jede Hilfe, nachdem es den herbeieilenden Helfern endlich gelungen war, die Last von ihm zu stapeln, sei zu spät gekommen.

Das Transportunternehmen hatte Andy zusammen mit zwei Brüdern aus der Klicke aus der Taufe gehoben und es lief eher schleppend, aber es brachte Gewinn und für einen hätte es reichen können. Für drei allerdings mussten auch Aufträge her, die andere Unternehmen mit entsprechenden

Maschinen erledigten. Andy investierte Körperkraft, seine beiden Kollegen zogen das Fahren bzw. die Buchführung vor, aber Andy konnte schon immer zupacken und ließ dann auch schon mal ein für ihn zu berechnendes Risiko zu.

Jetzt hatte er sich offensichtlich verrechnet, es hatte ihn erwischt. Dabei war es Andy sicherlich nicht um das Mehr an Geld gegangen. Er half einfach und setzte alles ein, um zum Erfolg der Gruppe beizutragen. Dabei hatte er leider ein Mal im Leben zu viel riskiert, einen Moment nicht genug aufgepasst, eigentlich untypisch für ihn. Und der Tod ließ diese Unvorsichtigkeit nicht ungesühnt.

Wir trafen uns alle in der Totenkapelle zur angegebenen Zeit, eine große Zahl junger Menschen, viele weinten, konnten ihre Tränen nicht stoppen, versuchten zu wischen mit Taschentüchern, die längst durchnässt waren. Viele standen einfach nur da, als ob sie ins Leere schauten, nicht begreifen wollten und konnten, was geschehen war. Altbekannte Gesichter, die man Jahre nicht mehr gesehen hatte, darunter auch viele aus der Gegenpartei, die einfach nicht begreifen konnten, was geschehen war.

Sigurt fehlte, auch Aron und Keil und Selina, wir wussten, dass sie tot waren, gestorben an Drogen und Leid über eine Zeit, mit der sie nicht fertig geworden waren. Sie hatten Freiheit und erstickten daran, sie trieben in unendliche Höhen und bekamen keinen Sauerstoff mehr, sie tauchten zu tief und vergaßen das Luftholen, bis Wasser ihre Lungen füllte. Und sie redeten dabei vom Sinn des Lebens, von der Erkenntnis über Himmel und Hölle, von hörbaren Farben und duftenden Geräuschen. Sie waren aus unserer Partei, aus unserer Denkecke von Freiheit und Abenteuer, von Liebe und Lust. Sie hatten geträumt, gehofft und verloren.

Aber auch Karel und Dingo fehlten, die zwei von der politisch anderen Seite, zwei Brüder, Mörder an zwei Mädchen, die nicht machten, was sie wollten, obwohl sie Gehorsam von Frauen kannten, so hatten sie es zumindest gelernt. Und auch Gert fehlte, ihm war es gelungen, sich sauber umzubringen, ein Regionalzug zermalmte ihn auf den Gleisen, ließ nur noch Reste für die Sammeltüten übrig. Er hatte sich in seinem Abschiedsbrief bei allen entschuldigt für seine radikale Entscheidung und die daraus erwachsenen Konsequenzen für die Andersdenkenden. Dabei war gerade er allen als Hardliner in Erinnerung, der kaum Gefühle zeigte, wenn es darum ging, seine politischen Gegner zu vernichten.

Und dann kam Aila, ihr Bruder musste sie führen, da sie seit der letzten Selbstmordattacke blind war, sich verzweifelt die Augen ausgestochen hatte. Es mutete entsetzlich an, als Pero sie an den Rand des Grabes führte und sie fast hineingefallen wäre, wenn er sie nicht festgehalten hätte. Neben Aila kniete Berfa nieder, gestützt durch einen Pfleger, der sie einfach nur in der Spur hielt, weil sie nicht mal mehr annähernd war, was wir von ihr kannten. Berfa und Aila schafften es später tatsächlich, die Verrückte führte die Blinde zum Bahnübergang des Ortes und wählte einen vollbesetzten Arbeiterzug am Spätabend, soweit ihr trauriges Finale.

Die Totenmesse ertrank im Schluchzen, wir weinten alle, erschrocken über den Tod von Andy, und begaben uns auf die Verwesungswiesen des Friedhofes.

Andy

Dann erklang fast wehmütig das erste Solo der Platte, die wir so oft gemeinsam gehört hatten, betrunken, bekifft, gut drauf oder auch schlecht in Stimmung. Die Gitarre erhob sich in ihrem Solo zum Himmel, verband sich mit den kleinen Wolken, umgarnte das Licht und schwebte zurück zur Erde wie aus einer anderen Welt. Dann setzte das Orgelsolo ein, umtanzte uns unwirklich, trieb Löcher in die Köpfe, bevor das typische Gitarrenthema dieses Liedes mit seinen nur vier Tönen fast die Luft zerriss. Andy hatte sich Musik aus seinem Leben gewünscht, Pink Floyd begleitete uns zu seinem Grab, ließ uns den Sarg in die Grube senken. Eine Blume, die vielen Tränen, dann die Schippe mit Erde. Wir weinten in Gruppen und einzeln, wir umarmten einander wie Brüder und Schwestern, obwohl wir uns lange nicht gesehen hatten. Wir fühlten die Familie, die wir lange Zeit vorher mal gewesen waren, wir spürten Verantwortung für das Unglück. Wir erlagen den Erinnerungen der Gemeinsamkeit vieler nächtlicher Diskussionen und Feiern.

Und Andy hatte sich seine und unsere Musik gewünscht, das Lied, was wir Stunden um Stunden gemeinsam gehört hatten, erlebt hatten im Träumen, gelebt hatten im Rausch, „Shine on you grazy diamonds" von Pink Floyd. Es schwebte in eindringlichen Waben über den Todesacker, setzte ein, als die gegangen waren, die kommen mussten. Und es erfasste die, die zurückgeblieben waren, um sich in der Einsamkeit von ihm zu verabschieden. Und obwohl die Tränen längst vertrocknet waren, konnten wir aus dem Herzen weinen und waren eins mit ihm, seinem Lieblingssong und seinem Signal an uns, die gemeinsame Zeit nicht zu vergessen

Wir haben lange auf dem Friedhof verbracht, in kleinen Gruppen, dann wieder in unterschiedlichen Begegnungen, weinten über das Unfassbare und über uns, die wir neben so viel tragischen Toten übrig geblieben waren, fühlten uns mitschuldig. Mitschuldig nicht nur am Tode Andys, sondern auch mitschuldig am Leid des Lebens, über das wir so viele Stunden gesprochen und hitzig diskutiert hatten.

Aber es war uns offensichtlich nicht gelungen, alle Zweifel so auszumerzen, dass sie nicht zu noch größerem Leid führten, als sie es ohnehin schon für uns bedeuteten. Hatten wir nicht ausführlich gelebt, geliebt, uns den neuen Freuden hingegeben, der Zeit, in der „make love, not war" noch eine Bedeutung hatte, der Zeit, in der Gefühle auch Sex bedeuteten, bedeuten durfte, weil es die Pille gab. In einer Zeit, in der man sich nicht schämen musste für seine anderen Ansichten, seine andere Frisur, sein anderes Outfit.

Aber aufpassen musste man, weil die Gegenbewegung mit aller Macht versuchte, die Gegner des etablierten Systems nicht nur bloßzustellen, sondern auch, wenn möglich, zu vernichten. Die Protestgruppe gegen das Establishment funktionierte, sie provozierte, sie schützte, sie unterstützte. Aber sie verwirrte auch, weil sie die Alten gegen die Jungen und ihre neuen Ideen aufbrachte. Und die zunächst Verständnis heuchelnden, selbsternannten Heilsbringer der Nachkriegszeit wollten dieses zunehmend nicht mehr akzeptieren.

So hatten wir damals nebeneinander gelebt, die zu Feinden des eigenen Status erklärten Langhaarigen, die Kiffer und Träumer, die Sozis und Kommunisten auf der einen Seite und die zu allem bereit stehenden Verteidiger des konservativen Establishments auf der anderen Seite. Und manchmal hatten wir uns wie Jesus gefühlt, der den Herrschenden, Juden wie Römer, in die Quere gekommen war mit seinen revolutionären Ansichten des Weltfriedens, wenn man nur seinen Nächsten liebte. Dabei befanden wir uns im Fadenkreuz der der Pharisäer und Verräter, die uns auszuliefern versuchten, um uns zu kreuzigen, nur weil wir unsere Ideen lebten.

Oft hatten wir nächtelang darüber diskutiert, getrunken, geliebt, gekifft, gesprochen, wieder geliebt und gekifft, um endlich selig Ruhe zu finden in den Armen unseres erlebten Glücks. Und am nächsten Tag empfanden wir keine Scham, weil wir vom Frieden träumten und uns als große Familie fühlten. Aber offensichtlich hatte es nicht ausgereicht, um das Entsetzen über die Macht und die Angst vor der Integration in diese Gesellschaft für die ertragbar zu machen, die glaubten, die Welt zu beherrschen und zu verstehen.

2.Bruno und der Jugendversuch

Bruno, Mitarbeiter des Jugendamtes und Mitte Zwanzig, stand eines Tages im Ort, um den Jugendlichen die Idee eines Jugendzentrums zu bringen und ihnen beim Aufbau einer solchen Einrichtung zu helfen. Im Gepäck hatte er Wochenendangebote für Interessierte mit außerschulischen Inhalten, Theater, Musik und natürlich auch Feiern ohne Endzeiten. Der Ansturm in einer Zeit des geistigen Aufbruchs ohne wirkliche Freiheiten war enorm. Viele entflohen für ein paar Tage der bürgerlichen Enge und der Verbote ihrer Elternhäuser und genossen fröhlich feuchte Wochenenden voll Partys und Spaß.

Der enorme Aufwand, den die vom Amt ausgebildeten Teamer trieben z.B. Aufnahmerecorder, Projektoren, Lehrfilme und Musikinstrumente, aber auch vorbereitete Unterrichtseinheiten über Selbstbestimmung und Organisation von Jugendzentren oder politisch orientierte Vorführungen und Lernpakete über Demokratie und Grundgesetz rundeten solche Seminare ab. Und abends saß man zusammen, um zu diskutieren, zu spielen, zu lachen. Dabei wurde auch getrunken, offiziell aber nie gekifft, denn dies war verboten und gefährdete, wenn es denn öffentlich geschehen wäre, das gesamte Projekt. Alle Teilnehmer akzeptierten diese Vorgaben, weil sie sich für die Gruppe verantwortlich fühlten.

Viel später hörte ich von Bruno, dass viele junge Menschen später ganz andere Verhaltensweisen zeigten. Als ich ihn lange nach Andys Tod mal wieder traf, erzählte er mir, dass die heutige Jugend, also seine inzwischen zur

Zielgruppe gewordene Klientel, ganz anders reagiere. Hauptsache, es mache Spaß, egal, was mit der Gruppe passiere, auch wenn Polizei und Beendigung einer Maßnahme anstanden. Die Erfahrungen, die Bruno offensichtlich in öffentlichen Gymnasien in der Oberstufe gemacht hatte, entsprächen keineswegs dem, was man von gebildeten Menschen erwartet hätte. Man saufe sich gnadenlos voll, randaliere und provoziere, und reagiere auf rationalen Zuspruch knallhart mit absolut egoistischen Tendenzen. Die Gruppe interessiere überhaupt nicht, nur der eigene Spaß gelte, und das meist auch noch in völlig betrunkenem Zustand. Das Verantwortungsgefühl für alle mit Verzicht auf die eigenen Bedürfnisse blieb offensichtlich den jungen Menschen der siebziger Jahre vorbehalten.

Bruno litt unter dieser systematischen Zerstörung der Verantwortungsübernahme, denn auch wenn in den Siebzigern vieles vielleicht nicht ganz so systemimmanent lief, es war meist getragen von Eigenverantwortung für das, was man tat. Und bei vielen hatte man den Eindruck, dass die Gemeinsamkeit und das gemeinsame Gelingen einer Planung eine übergeordnete Rolle spielte, auch wenn dies nicht immer uneingeschränkt den eigenen Interessen entsprach.

Manchmal trugen zwar die jungen Menschen auf den Seminaren ihre Betten zusammen und bildeten geschlechtsspezifische Schlafräume. Meist aber war der Beweggrund, die Nähe und Gemeinsamkeit zu erleben, die sie zu Hause oft in dieser emotionsarmen Zeit vermissten. Und wenn sich mal ein Pärchen bildete, so gab es genügend Zimmer, die frei blieben und in die man sich zurückziehen konnte.

2. Bruno und der Jugendversuch

Ein eigener Raum für ein Jugendzentrum aber, wie es das Jugendamt des Landkreises plante, wurde von der Gemeinde nicht bereit gestellt. Es gab zwar einen privaten Raum, in dem man sich treffen konnte, aber die Entscheidungen der Gemeindevertreter gingen immer mehr in die Richtung derer, die in den Planern der Jugendzentren zunehmend eine Bedrohung ihrer Macht sahen.

So entwickelten sich Strömungen, die anfänglich noch abwartend und beobachtend, später aber zunehmend ablehnend und aggressiv wurden und letztendlich in Feindschaften und offenen Angriffen mündeten.

Neben angstgeschürten Vorwürfen, man treibe in diesen nach außen geschlossenen Kreisen systemerschütternde und zerstörerische Umtriebe, dies seien die Geburtsstätten des Kommunismus voll der Komsolmolzen der Sowjetunion, wie es damals Franz – Josef Strauß bezeichnete, fielen auch Vorwürfe und gar böse Nachreden, man habe ständig im Rausch der verbotenen Gifte Geschlechtsverkehr miteinander, jeder mit jedem, ohne Zucht und Ordnung, offensichtlich das eher perverse Wunschdenken einiger entgegen der Realität dessen, was wirklich passierte. Das Unwort Kommune wurde als Vorwurf formuliert und das offen ausgesprochene Hauptargument, „wenn`s euch nicht passt, dann geht doch rüber", machte die Runde und erstickte jeden Versuch, vernünftig über politisch fragliche Dinge wie den Vietnamkrieg oder den Nato-Doppelbeschluss zu diskutieren. Und schließlich landeten wir alle in der Ecke der kriminellen RAF und gehörten „an die Wand gestellt".

2.Bruno und der Jugendversuch

Nicht selten hörte ich dabei die Aussage, dass es so etwas unter Hitler nicht gegeben hätte, und er hätte die Nichtsnutzer und Langhaarigen mit Sicherheit in Arbeitslagern untergebracht. Dabei war ich damals davon ausgegangen, dass diese Zeit endlich überwunden war, ein lächerlicher Irrtum, wie ich später feststellen musste.

Dabei formulierten die Jugendlichen, einige davon waren tatsächlich erst 14 Jahre alt, in den Diskussionen erstaunlich überlegte Argumente. Sicherlich verletzte der eine oder andere auch mal die Grenzen des guten Geschmacks oder gar der Zulässigkeit von Inhalten, aber sie alle waren fähig zuzuhören und ihre Äußerungen zu hinterfragen. Eine Basis also, die sehr fruchtbar war für die Herausbildung politisch verantwortlicher Personen, die gemeinsam jegliche Gewalt ablehnten.

Und die schmachvollste aller Vorwürfe der sogenannten älteren Generation, die in den Vierzigern den Krieg aktiv mitgemacht hatte, war dann „macht doch erst mal einen Krieg mit, bevor ihr darüber urteilen könnt." Unklar blieb, ob man sich dann gegen einen Krieg äußern würde oder eher verstehen würde, dass es Krieg als notwendiges Mittel der politischen Auseinandersetzung geben musste. Vielleicht war es aber auch nur die Hilflosigkeit dieser Generation, an den Krieg als Mittel der Politik geglaubt zu haben, weil man mit irrwitzigen Versprechen getäuscht und mit diktatorischen Vorgehensweisen gezwungen worden war, daran teilzunehmen und auch noch an einen Endsieg zu glauben.

Aber allein diese Vorstellung des Endsieges des National-sozialismus rief bei den Jugendlichen schon Ablehnung und

Ängste hervor und keiner wollte sich auch nur vorstellen, wie Deutschland nach einem solchen Sieg ausgesehen hätte.

Bruno und seine Mitarbeiter bemühten sich um Ausgleich, führten Gespräche mit der Gemeinde, versuchten zu informieren und zu beschwichtigen, mussten aber zugeben, dass sie keinerlei Erfolg verzeichnen konnten. Die Stigmatisierung der „fremden Eindringlinge" als gefährliche Bedrohung einer doch so „heilen Welt" war dann der Höhepunkt einer latent geschürten Hetze, die bei nicht Wenigen der „neuen Bewegung" zum Gefühl der Hilflosigkeit und in Flucht durch Drogen mündete.

Alle Versuche der Unterstützung durch das Jugendamt scheiterten letztendlich am Widerstand der Gemeinde, dem Teil der Vertreter, die die jungen Ideen als Spinnereien abtaten und jede Möglichkeit der Jugend, sich zurück zu ziehen, als Entzug der erzieherischen Kompetenz ansahen. Somit stand jede Idee außerhalb ihrer Vorstellungskraft für einen persönlichen Angriff auf ihre Existenz.

Und wenn dann ihre Kinder aus dem JUZ-Abend kamen und gar wagten, mit fast harmlosen Fragen das Leben ihrer Eltern zu hinterfragen, dann war dies Beweis genug, dass hier systemzersetzende Typen ihr Unwesen trieben, um die Jugend aufzuwiegeln. Dass die Teamer der Abende geschult waren und offiziell von einem mehrheitlich legitimierten Amt kamen, interessierte irgendwann nicht mehr, der Populismus gegen die „Anderen" hatte längst die Meinung manipuliert und jedes Wort wurde als Agitation gegen das herrschende System ausgelegt.

2.Bruno und der Jugendversuch

Erst als Bruno und Elfi gemeinsam kamen, änderte sich die räumliche Situation durch die Zurverfügungstellung eines Raumes im gekauften Anwesen der beiden. Die Meinung eines großen Teils der Bevölkerung aber und ihre Antihaltung war damit nicht aufgefangen, nur etwas gebremst, denn plötzlich wurden die Ideen einer neuen Generation auch von einer jungen und attraktiven Frau vertreten und verkörpert, die sehr gut in der Lage war, überzeugend zu argumentieren und „alte Zöpfe" anzuprangern.

3.Jugendzentrum

Seit damals, als alles anfing, in einem Sommer, ähnlich wie diesem, seit damals, als wir uns zum ersten Mal sahen, kennen lernten, Beziehungen knüpften, seit damals, als für uns die Welt nur Angebote ohne Verpflichtungen hatte , seit damals, als Sex für uns ein Teil unseres Lebens war, den wir bereitwillig, aber doch sehr vorsichtig einnahmen wie ein Tässchen besonders guten Kaffee, seit damals hatten sich Ereignisse in die Geschichte eingebohrt, die alle Anstrengungen der Bewegung zur Freiheit ad absurdum führten. Was hatten wir erlebt, dann gelebt, schließlich bis zum Exzess ausgelebt, was letztlich so viel Unglück hervorgerufen hatte, die Toten und Verstümmelten zurück ließ, ohne eine Erklärung parat zu haben? Und auch die politische Gegenseite hatte Verluste zu beklagen, Gewaltverbrechen im Schutz der politischen Aktivitäten oder Verzweiflungstaten. Vielleicht war dieser Ort tatsächlich ein Ort des Schreckens, der Pestilenz, des Untergangs. Oder nur ein Ergebnis der Siebziger? Dann müsste man sich aber die Frage stellen lassen, was denn das besondere an dieser Zeit war, was letztendlich zu so viel Elend führen konnte.

Als Ende der Siebziger Bruno und Elfi in den kleinen Ort kamen, begann eine neue Zeit, eine Zeit des Sonnenaufgangs. Menschen kamen mit neuen Ideen, Menschen mit Tatkraft, Menschen mit Raum und Zeit, um das durchzusetzen, was wir erhofften, ohne konkret zu wissen, was es sein könnte. Wir wollten nicht so sein wie die anderen, wir wollten aber auch nicht Spielball der Politik und Ziel der Aggressionen anderer werden, wir wollten leben. Wir wollten die Ideen der Siebziger in uns fühlen, aber wir hatten keinen Raum dazu. Unsere Eltern blieben konservativ oder schweigsam, überließen uns unseren in ihren Augen abstrusen Gedanken oder impften uns politisch für die eine oder andere Seite. Dabei schreckten sie nicht davor zurück, die ihnen bedrohliche Seite als militant darzustellen und uns zum Kampf aufzurufen. Aber was wussten wir schon von Kampf, vor allem, wenn uns keiner die Grenzen aufzeigen kann und will. Wir kämpften, zuerst mit Latten und selbstgebauten Holzschilden, später auch mit Waffen und Unmenschlichem.

Und dann kamen die Beiden, Friedensengel mit unendlich liebenswerten Worten für alle, auch für unsere Feinde, ein Jugendzentrum sollte entstehen, eine Begegnungsstätte, in der man nicht sein Parteibuch vorlegen musste, um wirklich gesund wieder nach Hause gehen zu dürfen. Sie sprachen von Verstehen, von Toleranz, von Liebe und sie lebten diese Ideale. Schnell war ein Raum organisiert und ausgestattet, schnell fand man sich ein und spürte ein Leben mit Zukunft. Und viel zu schnell überschwemmte man diesen Hort der Freiheit und des Denkens an Morgen auch mit der Möglichkeit, aus der Bürgerlichkeit auszubrechen, indem man Drogen konsumierte.

Vielleicht begann damit der Abstieg für viele, vielleicht war es auch die latente Ablehnung und der aggressive Widerstand des Dorfkerns, vielleicht haben wir es auch einfach übertrieben in unserer Gier nach Freiheit und uns damit auch der letzten Unterstützer beraubt, vielleicht war es auch die Erkenntnis derer, die ohnehin schwach waren und zweifelten, dass sie eh nichts ändern konnten, der berühmte Kampf gegen die Windmühlflügel. Zunächst aber starteten wir alle mit großer Hoffnung, riesigem Elan und mit unserem größten Potenzial, unserer euphorisch optimistischen Arbeitskraft.

Das Zentrum wurde errichtet, ausgebaut in einem ehemaligen Stall auf Privatgelände, ausgestattet mit Mitteln des Jugendamtes, damals eine Aufgabe, die sich die Ämter gegeben hatten, um die Jugend in geordnete Bahnen zu lenken. Und es gab Gelder, allerdings unter durchaus problematischen Bedingungen. Da Bruno mich immer wieder zu Hilfe rief, wenn wieder mal etwas nicht so lief, wie es hätte sein müssen, wusste ich auch über die seltsamen finanziellen Gebaren dieser Zeit Bescheid. Dem immerhin offiziell eingerichteten Jugendzentrum wurden Gelder zur Verfügung gestellt, die unter hartem Engagement erkämpft worden waren, denn der Ausschuss, der dies genehmigen musste, war der gleiche, der auch für die Förderung und Unterstützung der Fußballvereine zuständig war. Gegen diese Lobby hatte die freie Jugendarbeit keine Chance. Und eine verbindliche Bilanz des Erfolges der investierten Mittel konnte die freie Jugendbildung auch nicht vorlegen. Es gab vor allem nur Statistiken über gestrandete junge Menschen, die irgendwann in Strafanstalten auftauchten und Geld kosteten, nicht aber über präventiv aufgefangene Menschen. So ergab es sich jedes Jahr, dass am Anfang die Durchführung von Wochenendseminaren sehr problematisch war, weil die zur Verfügung stehenden Mittel für das ganze Jahr ausreichen mussten, am Ende des Jahres aber ein riesiger Überschuss aufgelaufen war, der dann innerhalb weniger Wochen ausgegeben werden musste. Und was man nicht verbrauchte, wurde im nächsten Jahr gekürzt. Deshalb machten wir uns nicht selten auf, um tausende DM auf einen Schlag auszugeben, weil die Planung für weitere Seminare zu kurz war und die Zeit drängte. Also gingen wir einkaufen, nicht selten Dinge, die wir eigentlich nicht brauchten.

Einmal fiel eine Anlage an, Stereo, neusten Ansprüchen genügend, dazu eine mittelschwere Plattensammlung. Ein anders Mal ergänzten wir die wenige Literatur durch eine Bücherwand ohne Notwendigkeit. Natürlich war auch mal Geld da für einen Videorecorder oder gar eine Kamera und ein Aufnahmesystem, was uns wiederum sehr interessante Einblicke liefern konnte in Bewerbungsübungen und Theaterspiele. Aber letztendlich empfand ich diesen alljährlichen Vorgang kurz vor Weihnachten als Vergeudung von eigentlich notwendigen Geldern für die Seminare. Und alles, was wir noch verbrauchten, wurde eingezogen und im nächsten Jahr nicht mehr genehmigt.

Andy war hier unser vernünftig rechnendes Rückgrat, immer bedacht darauf, dass wenigstens ein Großteil der Gelder nicht einfach nur verbraucht wurde, sondern auch einen reellen Nutzen hatte. Und so gelangen uns auch die Investitionen in durchaus interessanter Höhe sowohl für Ausstattungen, Anlagen, Platten, Bücher, Material als auch für Seminare, deren Inhalte zunächst das Finden einer Gruppenzusammengehörigkeit war. Man nannte dies damals gruppendynamische Inhalte, eine faszinierende wie auch gefährliche Thematik, weil dazu eine fundierte Ausbildung und Vorbereitung gehörte, sich aber sehr viele Dilettanten auf dem Markt tummelten.

Wir taumelten damals also tatsächlich zwischen klar formuliertem Wissensdurst und Bildungsansprüchen und völlig fehlverwalteter Finanzierung hin und her. Dabei wäre die Präventionsarbeit viel wichtiger gewesen als das eine Wochenendseminar vor Weihnachten.

Denn zunehmend erschienen, sich langsam vortastend, verschreckte, vorsichtige, aus dem Rahmen gefallene, langhaarige, weltfremde junge Menschen, die sich im traditionellen Erwachsenwerden nicht fanden, die eigene Ideen hatten, welche meist schon im Vorfeld abgelehnt worden waren.

Aber die Chemie stimmte im Jugendzentrum. Hier konnte man Gedanken äußern, ohne gleich als politischer Idiot abgestempelt zu werden. Hier konnte man über sein Innerstes reden, ohne dass jemand einen auslachte. Hier konnte man klagen über elterliche Gewalt, ohne dass man der Korrektur „das kann gar nicht sein" unterlag, hier konnte man chillen, obwohl es den Begriff noch gar nicht gab. Und hier war man sicher. Freunde nahmen Freunde mit, Brüder ihre Schwestern, manche kamen aufs Hörensagen, andere aus reiner Neugier – sie alle blieben. Sie alle entwickelten miteinander eine Keimzelle der gesellschaftlichen Kritik, lernten ihre Ansichten zu argumentieren und wurden informiert über Möglichkeiten der Wissensgewinnung. Und sie alle wurden stärker in ihren Persönlichkeiten, vor allem, wenn es um die stereotypen Vorwürfe der Anderen ging, die einem jungen Menschen nicht nur das Weltwissen sondern auch die Vernunft, sich dieses zu erwerben, absprachen.

Das „Ihr habt ja keine Ahnung" verlor an Überzeugungskraft und demaskierte den, der es gebrauchte, zunehmend als ahnungs- und hilflos. Und die patriarchalische Drohgebärde, dass man, solange man seine Füße unter den häuslichen Tisch stellte, man auch machen müsste, was der Vater anordnete, verlor zunehmend seinen Vernichtungscharakter.

Aber dies produzierte Feinde, Konservative im Dorf, die das alles als kommunistische Umtriebe verteufelten, oder Eltern, die sich nicht auf die Ideen ihrer Kinder einlassen wollten, weil sie deren Freiheit ihnen gegenüber fürchteten. Zudem galt zu dieser Zeit immer noch nur anständig, wer sich entsprechend kleidete und seine Frisur auf vorgeschriebene Höchstlänge reduzierte. Wer trank, zeigte, dass er ein Mann war und sich in die Gesellschaft einfinden konnte. Die Übermengen dabei und die damit verbundenen Exzesse spielten keine Rolle. Wer aber den Verdacht erweckte, er würde vielleicht kiffen, war damit automatisch aus einer bürgerlichen Gesellschaft auszuschließen, an den Pranger zu stellen und zu verurteilen. So gab es zwei sich unterscheidende Gruppen in diesem Dorf, denen man von vorne herein bestimmte Verhaltensweisen zuordnete und die auch äußerlich deutlich zu unterscheiden waren. Und man musste sich durchaus hüten, mal als einzelner in die Fänge der konservativ Denkenden zu geraten, die Gegner waren da nicht zimperlich.

Denn die Opposition beäugte das Ganze sehr kritisch und wägte alle Möglichkeiten ab, diese Untergrundbewegung zu stoppen und die Störenfriede aus ihrer dörflichen Mitte zu eliminieren. Aber der Ort unserer Treffen war auf privatem Gelände und verhinderte öffentliche Möglichkeiten des Eingreifens. Wir waren in unserer Traumwelt zum ersten Mal sicher, unangreifbar, auch in dem, was wir sagten und taten, ein kleines Stückchen Seligkeit.

3.Jugendzentrum

Es gab in diesem Dorf auch noch eine dritte Gruppe Jugendlicher, mit der aber beide vorher beschriebenen Gruppen nichts zu tun hatten, diejenigen, die im sogenannten Klein – New York aufwuchsen und sich, belegt mit sozialen Vorurteilen, von selbst aus den Treffen der bürgerlichen Söhne und Töchter heraushielten. Sie nahmen für alle den untersten Platz in dieser dörflichen Gesellschaft ein, wohnten in einem vom Dorf etwas entfernt liegenden Areal gleich aussehender Siedlungshäuser und waren gut für jedes Verbrechen, auch wenn sie es nicht begangen hatten. Denn für die Bürgerlichkeit war wichtig, dass wenn schon Kontakt mit anders Denkenden gepflegt wurde, dann doch eher mit einem Kiffer als mit einem aus dem asozialen Milieu. Zumindest kam der Kiffer wenigstens meist aus gutem und anständigem Haus.

3.Jugendzentrum

4. Erste Liebe

Andy kam mit siebzehn nicht nur ins neue Jugendzentrum, er kam auch in die Wohngemeinschaft der etwas älteren Leute aus der Stadt, die sich um die Jugendzentrumsbewegung vor Ort bemühten und sich auf einem alten Bauernhof angesiedelt hatten. Er machte eine Ausbildung, lebte noch bei seinen Eltern und zeigte sich mit seiner Situation zufrieden, soweit man das in diesem Alter kann. Sicher hatte er auch Träume vom Reisen, von anderen Ländern und Menschen, aber er sah die Befriedigung dieser Wünsche eher in seinen Möglichkeiten, Geld zu verdienen und neben Frau und Kindern vielleicht noch etwas dafür übrig zu haben.

Sein Vater blieb im Hintergrund, arbeitete wohl auch in der Ferne, seine Mutter aber akzeptierte ihn, sein Denken, auch seine neuen Freunde und Ziele und sie unterstützte die Bewegung. Und Andy wurde ein Teil unserer Gemeinschaft. Er verbrachte viele Abende und Nächte in der WG und lernte, über Gott und die Welt nicht nur nachzudenken sondern auch zu sprechen.

Andy kam oft vorbei, wenn er müde von der Ausbildung noch mal kurz ein Schwätzchen halten und ein Bier trinken wollte, begrüßte alle mit einem griesgrämigen Blick und schimpfte kurz, bis er dann abgeladen und sich beruhigt hatte. Wenn Hilfe notwendig war, fasste Andy auch noch nachts mit an oder verzichtete auf einen freien Samstag. Andy wurde zunehmend zu einem verlässlichen Aspekt der Institution Jugendzentrum und unserer Gemeinschaft.

4. Erste Liebe

Irgendwann tauchte er auch mal mit einem Mädel auf, das sich noch nicht in der Gruppe der jungen Leute bewegte, und bald wurde klar, dass er größeres Interesse mit ihr verband. Sie ließen sich lange Zeit für erste Zärtlichkeiten, die über Küsse hinausgingen, was damals recht ungewöhnlich war, tasteten sich vorsichtig aufeinander zu. Nur ein tatsächliches emotionales Interesse konnte hier Motivation sein, denn Erlebnisse, wenn man sie zu dieser Zeit wollte, erreichte man schnell mit der Zustimmung durch Augen und Lächeln und die ganz banale Frage, ob der Partner Lust habe, mit einem zu schlafen. Dabei war auch ein Nein völlig in Ordnung, wurde komplett akzeptiert und betraf nicht die werbende Person in ihrem Innersten, die Ebene der Begegnungen war eben locker und offen.

Leider wurde seine erste große Liebe auch gleich die bis dahin größte Katastrophe seines jungen Lebens, denn als es zum Finale kam, konnte er wegen seiner Phimose vor Schmerzen den Akt nicht vollziehen. Seine Partnerin, selbst unerfahren in Liebesdingen, empfand es als ihre Schuld und verließ fluchtartig und weinend das Zimmer, in das sie sich zurückgezogen hatten.

Und dann stand Andy in der Tür, ein Häuflein Elend, Tränen in den Augen. Alle aufmunternden Worte halfen nichts, die Situation war dermaßen „versemmelt", dass Andy an ein Morgen nicht mehr glauben wollte.

Offensichtlich hatte dieses Ereignis auf Andy wie auch seine Freundin damals psychotische Auswirkungen, denn es gelang ihnen trotz verschiedener Gespräche nicht mehr zusammenzukommen. Sehr schade eigentlich, wie ich fand, weil das Mädel ein Pfundskerl war und gut zu Andy gepasst hätte.

Ich habe viele Monate später mal von ihm gehört, dass sie nach ärztlicher Behandlung und längerer Abstinenz zwar einen erneuten Versuch gestartet hatten, es aber nicht gelang, weil beide völlig verkrampft und ängstlich miteinander umgingen. Letztendlich trennten sie sich und Andy hat dies, glaube ich, kaum überwunden. Zumindest bestanden seit dieser Zeit seine amourösen Abenteuer eher in Schilderungen als in tatsächlichen Erlebnissen.

Irgendwann danach verließ Andys Vater die Familie und er nahm die Position des Beschützers seiner Mutter und seiner Schwester ein, ohne wirklich zu wissen, worauf er sich eingelassen hatte. Hin und wieder klagte er über seine Hilflosigkeit, wenn seine Mutter wieder mal einen Fremden mitbrachte für die Nacht und recht lautstark der Freude nachgab, die sie offensichtlich hatte.

Und nicht jeder Freier war zufrieden, wenn er von der Mutter beglückt worden war, sondern hatte recht schnell auch ein Auge auf die hübsche Schwester geworfen, die inzwischen sechzehn Jahre zählte, eine jugendlich straffe, aber gut gefüllte Figur hatte und lange dichte Haare bis zur Taille trug. Zoten und derbe Sprüche waren hier die harmlosesten Anmachen, die Andy erlebte, aber recht gründlich durch sein Auftreten und seine Größe in Zaum halten konnte.

Nur einmal, so erzählte er, war er erst gegen elf nach Hause gekommen und hatte schon im Flur das Wimmern seiner Schwester vernommen, die sich unter einem Kerl mit bis zu den Knien heruntergelassener Hose wandt, ohne Chance, ihm zu entkommen. Erst sein Griff befreite den angetrunkenen Bewerber von seinen Wünschen und ließ ihn fluchtartig das Weite suchen. Andy konnte seine Wut kaum zügeln, als er über diesen Vorfall in der Wohngemeinschaft berichtete. Aber seine Wut hatte offensichtlich die Grenze der Verletzung des Täters nicht überschritten. Er hatte ihn in die Flucht geschlagen, ohne ihn wirklich zu verletzen, ein fast heroischer Zug.

Großes Talent zeigte Andy, wenn er Schäden an Autos feststellte und diese dann reparierte, eine Arbeit, die uns alle faszinierte. Wir bastelten und bauten, erfanden und konstruierten und probierten aus, wobei die Straßenverkehrsregeln nicht immer eingehalten wurden. Aber wer kontrollierte das schon und in die Quere kam man auch keinem bei der vorhandenen Verkehrsdichte.

Wir erlebten die Zeit, in der man sogar auf Autobahnen ganz offiziell spazieren gehen konnte, die Ölkrise, ohne dass das Öl fehlte, und die immer wieder mal populären Hamsterkäufe, ohne das Kriege bevor standen.

Und wir erlebten zumindest in den Kreisen, die bereit waren, sich der neuen Zeit zu öffnen, den lockeren Umgang der Geschlechter miteinander und die damit verbundene freie Entscheidung, ob man etwas mit wem auch immer machen mochte oder nicht.

Unter uns gab es keine Akzeptanzprobleme, was ein Nein betraf, egal, wann es ausgesprochen wurde, es bedeutete Nein, ohne weitere Erklärungen abgeben zu müssen. Unter uns gab es aber auch Liebe, innige Gefühle, Leidenschaft,

Treue und Eifersucht. Und wir waren eine Minderheit, die, was sich zunehmend herausstellte, Anders-Denkende nicht gewinnen konnte durch Überzeugung. Vielmehr waren es die Lockungen der vermeintlichen Lüste und ihrer grenzenlosen Befriedigung, die man erhoffte, Aber dies haben wir nie gelebt und auch nie gewollt.

Andy ist es nie gelungen, sich wieder so zu verlieben wie das erste Mal. Er glaubte an die Einmaligkeit dieses Gefühls und der damit verbundenen Treue. Deshalb ist er auch immer wieder als Gewissen in diesem Bereich für alle anderen aufgetreten und viel später zum Aufdecker einer Liaison geworden, die seinen Vorstellungen gar nicht entsprach und die er deshalb auch öffentlich machte.

4. Erste Liebe

5.Einfach Sex

Dabei war Sex zur damaligen Zeit problemlos, recht einfach konnte man den Partner, den man sich ausgesucht hatte, fragen, ob er Lust hätte, und meist war die Antwort ein Ja, auch wenn dein Gegenüber sich nicht ganz im Klaren war, ob es das nun ausgerechnet mit dir wollte, man gab sich eben offen und wollte nicht prüde sein.

Kurt etwa, der irgendwann mit Werdi zusammen unters Dach eingezogen war, weil in beiden Fällen die Eltern eine weitere häusliche Gemeinschaft ablehnten, bekam in seiner Höhle, die schon morgens so stark nach Haschisch roch, dass man allein beim Besuch im Zimmer das Gefühl hatte, man hätte sich einen Joint genehmigt, einmal Besuch von zwei Sechzehnjährigen, die hin und wieder im Jugendzentrum auftauchten, dies aber nicht regelmäßig besuchten. Die beiden waren gekommen, um ihn und seine Potenz zu testen, vielleicht auch, um einmal einen Dreier zu versuchen, trugen Dessous und Strapse und raubten ihm für eine Stunde alle Sinne.

Dann musste er weitere Gummis besorgen, die er im Haus aufzutreiben versuchte. Hans, der eher zufällig im Haus anwesend war und immer über dieses wichtige Utensil verfügte, bot seinen Schatz an, wenn man ihn auch mal mitmischen lasse, was die beiden Mädel positiv beantworteten und einem flotten Vierer nichts mehr im Wege stand, außer dass Kurt sich ziemlich schlapp zeigte. Aber er hatte ja auch schon einiges an Anstrengung geleistet.

Hans war zu dieser Zeit mit einer sehr liebenswerten und attraktiven jungen Frau liiert, deren Reize sich durchaus recht üppig darstellten, aber das schien ihn nicht sonderlich einzuschränken. Sie liebte ihn sehr, wie sie sagte, und versuchte nicht zu sehen, dass Hans es mit der Treue nicht so genau nahm. Irgendwann später, als er seine Beziehung mit ihr beendet hatte und eine neue mit einer deutlich jüngeren Frau betrieb, erzählte er Bruno, dass sie sich geweigert hatte, ihm eine spezielle Beischlafpraktik, den Analverkehr, zu erfüllen, was für ihn Grund genug gewesen wäre, die Beziehung zu beenden.

Erst viel später erfuhr Bruno eher durch eine unachtsam gemachte Bemerkung von Andy, der sich aus Liebe und Verehrung für Elfi lieber die Zunge abgebissen, als je etwas über sie verraten hätte, dass Hans sich auch an Elfi herangemacht hatte und wohl auch etwas mit ihr gelaufen war auf einer Fahrt mehrerer Jugendzentrumsleute nach Holland. Sie hätten sich nämlich für mehrere Stunden von der Gruppe abgesetzt und wären zum Meer gefahren. Er wisse aber nicht, was dort geschehen sei, und überhaupt wäre dies nicht wichtig, so seine Antwort auf Brunos Nachfrage, denn Elfi sei völlig integer, was das beträfe.

Hans tauchte übrigens nach der Hollandfahrt auch nur noch ganz selten auf in der Wohngemeinschaft. Aber er galt sowieso nie als ein Mitglied des engeren Kreises, sondern eher als jemand, der sich bürgerlich orientierte, aber die Progression mit auf seine Fahne schrieb, um dabei die Vorteile des Neuen abzugreifen.

Bruno hatte damals ein komisches Gefühl. Manchmal spürt man Momente, in denen Partner straucheln, vielleicht auch, weil man eigene Fehler plötzlich erkennt und ihre Auswirkungen auf die Beziehung fürchtet. Meist sind es dann Fehler, die nie angesprochen wurden und eigentlich keine besondere Bedeutung bekommen hatten, aber gerade deswegen sind sie gefährlich, vor allem, wenn sich Anzeichen häufen, dass das Maß voll sei.

Vielleicht war es auch die versteckte Bemerkung von Andy, der selbst an der Fahrt teilgenommen hatte und stolz darauf war, das schrottreife Auto, das die Zöllner an der Grenze stilllegen wollten, mit nach Hause gebracht zu haben. Alle lachten herzlich über den Moment des Hupentests, der den Zöllner fast aus der Bahn geworfen hatte, weil die Hupe das Einzige war, was an diesem beweglichen Blechteil noch funktionierte.

Vielleicht war es auch das auffällige Fernbleiben von Hans nach der Rückkehr, wenn sich die Mannschaft des Holland-abenteuers wieder mal traf, um den Anwesenden die Story der Autokontrolle zu erzählen. Aber eines Tages kam Hans vorbei. Inzwischen beherrschte er das Handwerk des Bedruckens von Stoffen, und ließ Elfi ein Tuch da mit der Abbildung von zwei Menschen, die in der untergehenden Sonne innig umschlungen das Meer beobachteten.

Bruno, an diesem Tag nicht da, entdeckte das Tuch und fragte natürlich nach dessen Herkunft. Hans habe es für sie, Elfi, hergestellt, sie wolle es aufhängen. Er akzeptierte, was blieb auch anderes übrig, aber ein fahler Geschmack blieb.

Die beiden jungen Frauen übrigens, die damals erotische Bonbons gespielt und Hans mit einbezogen hatten tauchten ebenfalls nicht mehr auf, meldeten sich auch nicht mehr. Vielleicht war ihnen das Ganze doch zu peinlich, vielleicht hatten sie auch erreicht, was sie gewollt hatten. Man munkelte, dass der Vater der einen, ein Lehrer, gutes Haus, wohl etwas mitbekommen und sie entsprechend bestraft hatte. Ein Vorgang, der zu dieser Zeit durchaus üblich war, Hausarrest für vier Wochen und eine ordentliche Abreibe mit dem Teppichklopfer, dessen Spuren dir mindestens zwei Wochen die Öffentlichkeit ersparte.

Kurt, damaliger Teilhaber am erotischen Gruppenerlebnis, lebte zur Zeit der Beerdigung übrigens nicht mehr. Er war nach Auflösung des Jugendzentrums und der Wohngemeinschaft im Abwärtsstrudel versunken und oft obdachlos, da er all sein Geld für Drogen ausgab.

Irgendwann habe man ihn unter einer Brücke der nahegelegenen Großstadt gefunden, wobei alle Versuche, ihn ins Leben zurückzuholen, gescheitert waren. Seine Eltern, die über den Tod informiert worden waren, hielten die Nachricht geheim, da sie sich im Dorf schämten. Erst später erfuhren wir davon, aber bis dahin hatten wir schon weiteres Leid zu beklagen, sodass Kurts Tod bei den meisten nur eine „hab es mir schon gedacht" Reaktion hervorrief.

Selbstredend fuhren die beiden Mädel auch nicht mit auf die Wochenendseminare, die immer wieder für das Jugendzentrum veranstaltet wurden, Begegnungen der jungen Leute, die regelmäßig in nächtlichen Trinkgelagen und alternativen Schlafvorschlägen endeten. So wurden nicht selten alle Betten der Einrichtung, die wir benötigten, in einen Raum geschoben, weil alle in diesem Raum zusammen liegen wollten. Meist ergaben sich daraus keine Komplikationen, da einfach die Zahl der Beteiligten privatere Techtelmechtel nicht zuließ. Rege Unterhaltungen ließen dem Schlaf oft keine Chancen vor dem Morgengrauen und über einen zärtlichen Kuss hinaus traute sich keiner, irgendetwas zu unternehmen. Wer wirklich wollte oder als Pärchen angereist war, konnte sich jederzeit in eines der freien Zimmer zurückziehen.

So blieben die Seminare weitgehend anständig zum Leidwesen der Kritiker, die in jeder Veranstaltung dieser Art eine Kommunenbildung sahen mit wildem Gruppensex. Auf diesem Weg gelang es aber unerfüllten und verklemmten Wünschen Einzug zu halten in normale Vorgänge und schließlich war klar, dass auf solch unsittlichen Wochenenden die Jugend verdorben wurde. Und dies natürlich durch die Menschen, die sich für die Jugend engagierten.

Es gab aber auch Vorfälle, die dann doch fraglich für das Gefühlsleben des einen oder anderen ausgehen konnten und durchaus alle Einstellungen und Hoffnungen für den Moment ad absurdum führten.

Jens zum Beispiel, selbst erst 16, reiste mit Freundin an, gerade mal 15, mit der er auch nach seinen Aussagen schon Verkehr hatte. Beide befanden sich in einem wieder mal hergerichteten Gemeinschaftsschlafsaal, in dem drei weitere Paare übernachten wollten. Zunächst beschäftigten sich die Paare miteinander, ein bisschen Küssen und Fummeln, nicht mehr, bis auf Jens, der ohne Skrupel seine Freundin bestieg und vögelte. Sie war redlich bemüht, sich seinen Stößen anzupassen, aber wirklich hatte sie nicht viel von dem, was sich da in wenigen Minuten abspielte. Die anderen blieben etwas beklommen Teilhaber und waren danach eher gehemmt als angespornt zu ähnlichen Taten. Irgendwie war es peinlich.

Dann, nach einer kürzeren Pause schlug Jens vor, man könne doch mal die Mädels tauschen, ein bisschen Rummachen, man sei doch nicht prüde, bis auf ein Pärchen Zustimmung.

Jens platzierte sich relativ schnell auf der neuen Dame, schob ihr sein Glied zwischen die Beine und begann die nicht aus Freude stöhnende Frau zu vögeln, offensichtlich erlebte sie dies zum ersten Mal, was für sie erst recht nicht positiv war. Der Protest seiner Freundin in der Frage, was er da mache und ob er noch ganz dicht sei, störte ihn nicht, sich in die Neue zu ergießen, von ihr abzurollen und seine Freundin zurechtzuweisen, dass sie es gar nichts angehe, was er mache.

Die Beziehung fand damit ihr Ende, die Gruppe verließ den Raum und verstreute sich einzeln in den verbleibenden Zimmern und am nächsten Morgen schauten die Beteiligten immer noch verlegen zu Boden außer Jens, der wie ein siegreicher Gockel durch die Reihen marschierte und sich bereits das nächste Opfer aussuchte.

So gelang es manch einem, sich unter dem Deckmantel der Moderne Freuden zu ertricksen, die manchmal auch nicht ohne Folgen blieben. Und die „Bereinigung" eines solchen „Ausrutschers" bedeutete zu dieser Zeit enorme Schwierigkeiten.

Stefans Schwester Lena musste damals nach Holland fahren, um ihr Kind los zu werden, weil sie nicht wusste, von welchem Mann sie es empfangen hatte, nicht unbedingt zeitgemäß, was die Vorsorge zur Verhütung einer ungewollten Schwangerschaft anbetraf, aber auch immer wieder Erscheinung der Zeit, die doch so sicher die Geburtenkontrolle regelte.

Dabei überließen es Männer gern den Frauen zu verhüten, denn, es gab ja die Pille. Nebenwirkungen waren egal und tangierten die meisten Männer nicht, schließlich sahen sie es als Aufgabe der Frau an, die ja auch ein Kind austragen und gebären würde. Wenn sie keins wolle, müsste sie also auch dafür sorgen. Eine wahrlich einfach gemachte Lösung.

Dass sich nicht selten Komplikationen bei dauerhafter Pilleneinnahme ergaben, dass bei sogenannten Pillenpausen die Männer als letzte verstanden, dass sie mal hätten verzichten müssen, und dass es noch andere Möglichkeiten der Verhütung gab, das alles waren nicht Probleme der Männer und wurde auch, wenn nötig durch Beendigung von Beziehungen gekrönt, wenn Frauen sich verweigerten.

Die Pille wurde übrigens als Segen der endlich freien Sexualität gefeiert und den jungen Menschen geradezu aufgedrängt, weil sie damit Schwangerschaften relativ sicher verhüten konnten. Dabei wurde aber übersehen, dass man jungen Menschen zur Sexualität einen anderen Zugang hätte zeigen müssen, den der Liebe und damit verbundenen Verantwortung. Denn nicht die grenzenlose Lustbefriedigung, sondern der zuverlässige Umgang mit dem Partner ist Grundlage einer dauerhaften Beziehung.

Aber für viele Eltern zählte nur die Sicherheit, wenn die Kinder schon nicht mehr ihren Anordnungen Folge leisten wollten, und sie gaben gute Erziehungsrichtlinien damit auf, reduzierten das Leben auf formale Vorgänge und zunehmend justiziable Momente.

Und zwischen all diesen Anforderungen, dem immer wieder formulierten Widerspruch der Kirche bis hin zur Androhung des Ausschlusses aus dem Himmel, der ständig proklamierten Moderne mit ihren emotionslosen Neuerungen, der zunehmenden Missachtung des Wertes der Frau, indem man sie als Sexualobjekt für die Werbung einsetzte, obwohl gerade zu dieser Zeit die Emanzipation ihre Höhenflüge durchführte, und der Erwartung der Eltern, ein im Sinne der Zeit des dritten Reiches wohlerzogenes Kind vorweisen zu können, versuchten die jungen Menschen das Schwimmen zu lernen, während sie ständig untergetaucht wurden. Viele zerbrachen im Laufe ihres Erwachsenwerdens daran, dass sie keine der formulierten Erwartungen zu Genüge erfüllen konnten, ihnen aber auch jegliche Möglichkeit genommen und jegliche Kompetenz dazu abgesprochen wurde, etwas mit eigenen Überlegungen zu versuchen und Lösungen zu finden.

Es musste im Chaos enden, es musste schief gehen, denn die Chancen zu überleben und den eigenen Kopf zu behalten, waren sehr gering. Und viele schafften es auch nicht.

6.Ungewollt schwanger

Damals die Katastrophe schlechthin, die Schwangerschaft von Lena, gerade mal siebzehn, Oberstufe. Wie auch immer dies hatte passieren können, Pillenpause, vergessene Einnahme, ein Schock in einer aufgeklärten Landschaft. Auf Abtreibung stand Zuchthaus für den Arzt und die Mutter, also zunächst pure Verzweiflung. Die Adresse sogenannter Engelmacherinnen gab es unter der Hand, man wusste aber auch ihre Risikorate. Dabei war die Unfruchtbarkeit als Folge für das weitere Leben noch die harmloseste Auswirkung ihrer teils dilettantischen Versuche, mit Stricknadeln und anderen furchtbaren Dingen dem Fötus den Garaus zu machen. Das nach 1945 ausgearbeitete Grundgesetz, ein damaliges Abbild moderner Demokratie, wie man es verkaufte, in Wirklichkeit aber die stringente Weiterführung altnationalsozialistischer Gedanken, hatte vergessen, den Gleichheitsgrundsatz auch explizit für Frauen zu formulieren, wobei im jetzt aufgetretenen Fall allein die werdende Mutter zu bluten hatte. Hinzu kam, dass Lena mehrere Männer zur Auswahl hatte, die eventuell hätten Vater sein können, was die Problematik nicht gerade einfacher machte.

Die einzige Chance, Hilfe zu erhalten, bot sich in Holland. Dort war die Abtreibung gesetzlich zugelassen, wenn sie innerhalb einer bestimmten Frist durchgeführt wurde. Die Zeit, ohnehin knapp, drängte, nachdem Lena erst mal nicht hatte wahrhaben wollen, dass sie tatsächlich schwanger war, gewartet hatte auf die Regel, verzweifelt nach jedem Tropfen Blut gesucht hatte, dann aber die Mitteilung ihres Arztes akzeptieren musste. Und diese lief nicht in nettem

Ton, denn man wurde nicht schwanger zu dieser Zeit, zumindest nicht ungewollt. Und wenn es passierte, musste man in der BRD durch, egal, wie es zustande gekommen war. Wer nun auch noch beim Vater zweifelte, war nicht viel mehr wert als die Nutte in der nächsten Stadt, die der Mediziner wahrscheinlich fleißig besuchte, um bei ihr seine „Sorgen abzuladen". Aber eben im privaten Bereich durfte das nicht passieren. Und wenn er daran dachte, dass hier so breitbeinig seine eigene Tochter in ähnlichem Umstand vor ihm läge, dann wäre es ihm wahrscheinlich übel geworden oder er hätte sie mal richtig durchgewamst. Aber irgendeine Hilfe für weitere Entscheidungen bot er nicht. Immerhin gelang es ihm zu vermitteln, dass aus der Frau, die hier vor ihm lag, Abschaum der Gesellschaft geworden war. Eine Leistung, die man damals eher von den Kirchen kannte.

Der Weg dieser verzweifelten Frau führte also nur über eine Klinik in Holland, die Geld kostete, die erreicht werden musste, die den Abbruch in Rekordzeit durchführte und dann die Patientinnen, vor allem die aus dem Ausland, schnell wieder an die frische Luft beförderte, um eventuelle Querelen mit deutschen Behörden zu vermeiden. Alle Versuche, das Kommende einigermaßen menschlich zu verpacken, scheiterten schnell an dem, was man gehört hatte, aber es ging noch schlimmer.

Bruno und Elfi übernahmen die Planung, stellten das Auto, machten Termine nach nächtelangen Gesprächen, ob man nicht gemeinsam ein solches Kind auffangen könnte. Aber alle Argumente halfen nicht, die Verzweiflung von Lena auch nur ein wenig einzufangen. Vielleicht war es das Problem der zu erwartenden Lächerlichkeit, der sie sich preiszugeben glaubte, wenn sie den Vater nicht nennen konnte. Denn auch in den Dörfern der aufstrebenden Demokratie der BRD waren die Frauen die Täter, nicht die Männer. Und angenähert an mittelalterliche Vorstellungen der christlichen Kirche, war es der Teufel in Gestalt der Frau und ihrer Reize, der den Mann verführt hatte ohne entsprechenden Schutz. Und letztendlich vergab Gott dem Sünder, der Frau aber nicht, die eigentlich jetzt einen kleinen Teufel im Leib trug. Aber soweit wollte die Kirche nun auch nicht gehen und die damalige Gesellschaft war ihr dankbar für diese Doppelzüngigkeit. Denn Männer gingen vor Gott straffrei aus. Frauen aber lebten Evas Verführung des Adam weiter und jeder Mensch weiß, wohin dies geführt hat, zur Vertreibung aus dem Paradies.

Die Fahrt nach Holland war mehr als beschwerlich, nicht weil die Schwangere sich alle paar Meter erbrechen musste, sondern weil die Frage nach dem, was jetzt kam, was so furchtbar besetzt war für eine Katholikin, was Angst und Höllenvisionen hervorrief, die Kommunikation beherrschte.

Irgendwo war für alle im Auto das ungeborene Leben auch Leben, niemand setzte sich einfach darüber hinweg, niemand konnte sein schlechtes Gewissen ganz bei Seite schieben.

Dann Eintreffen in Holland, ein eher abweisender Bau mit wenig Begrünung, kein Garten, um vielleicht mal rundzulaufen, einfach nur Klinikaufnahme. Eine sehr unfreundliche Schwester erklärte im fast Befehlston den weiteren Verlauf der Indikation. Vorher musste noch mal ein Arzt zu Rate gezogen werden, der den Schwangerschaftseintritt bestätigte. Zum Glück ein einigermaßen netter Mensch, der mitteilte, dass viele Frauen aus Deutschland kämen, um hier ihr Recht auf Selbstbestimmung einzufordern, er verstehe das nicht. Dann Ausziehen, Kleidung zusammenraffen, ablegen, Eintritt in das Indikationszimmer.

Wir blieben draußen, warteten, versanken in Gewissensbisse, weinten.

Schreie sind zu hören, Weinen, auch Wimmern. Es kriecht aus allen Ecken, dringt in jeden Winkel des Körpers, lässt frieren. Und es macht Angst, Angst vor dem Erleben, Angst vor dem Versagen, Angst vor dem Verrücktwerden, wenn man das Ventil nicht mehr findet, es auszugleichen. Wir sitzen stumm und halten uns an den Händen, warten, warten. Die Zeit vergeht in Zeitlupe, jeder Sekundenschlag paart sich mit dem Herzschlag. „Symbiose der Angstfiecher".

Dann endlich, Lena wurde übergeben, noch im Operationshemd, Anziehen lautete die Anordnung, dann Entlassung. Sie blutete, sie möge entsprechend Windeln einschieben, lapidar die Hilfe, am Ende des Korridors eine Schwester, die einen Tee anbietet. Immerhin freundlich, der Arzt kreuzt unseren Weg, keine Blicke, kein Lächeln. Das Trösten ist eine Farce, weil es keiner wirklich kann, weil alle betroffen sind, weil wir sprachlos sind.

Als wir gegen Morgen zurückkamen, schlief Lena, ihr Gesichtsausdruck war friedlich, sie hatte es überstanden, körperlich. Wir waren erleichtert, nicht glücklich, hofften,

Start ins Leben ermöglicht und uns mit unserem schlechten Gewissen zurückgelassen. Ein Geistlicher war nicht greifbar, er hatte Sprechzeiten wie jeder Beamte, immerhin hätte er Schweigepflicht gehabt.

Denn wir waren alle Täter, Beihilfe zum Mord, Todsünden-besitzer, Himmelsperrung. Dann doch Hölle?

Wir haben nächtelang zusammen gesessen, diskutiert, uns Vorwürfe formuliert und sie wieder entkräftet, am Ende blieb der Tod eines Kindes. Ja, wir haben uns schuldig gemacht an einer Abtreibung, aber entgegen aller Versuche gerade von Seiten der Kirche, uns ins gewissenlose Abseits zu schieben, haben wir uns sehr wohl schwerwiegende Gedanken gemacht und viele Nächte nicht mehr ruhig geschlafen.

Wir haben diskutiert und Auswege gesucht, aber keine gefunden. Eine Babyklappe gab es damals noch nicht. Eine Rehabilitierung schon gar nicht. Eine Schwangere wurde aus der Oberstufe entfernt, auch oder gerade aus dem christlich geprägten Mädchengymnasium. Weil man mit der Sünde nicht leben konnte, sagten sie. Weil man mit der „Sünde" nicht menschenachtend umgehen konnte, antworteten wir. Aber, wer waren wir schon?

Lena war übrigens aus einem sehr gut situierten Haus, wie man es beschrieb. Ihre Eltern erfuhren nichts von all dem Unglück, aber sie ahnten sicherlich etwas. Sie haben sich übrigens nie negativ über uns geäußert, eine der wenigen Familien, die wohl den damaligen Zeitgeist verstanden hatten.

Die überwiegende Klientel der damaligen Jugendzentrumsbesucher waren übrigens auch Kinder aus gutem bzw. gesundem Haus und besuchten fast alle weiter führende Schulen. Viele davon waren gymnasiale Schüler, durchaus gebildet, aber mit modernen Ansichten. Weitgehend wurde der Unterricht in den Schulen nach althergebrachten Inhalten vom Frontlehrer zelebriert. Systemkonformes Fragen galt als interessiert, interessiertes Fragen als verdächtig oder gar subversiv, fast so, wie es heute immer noch ist.

In der Mehrzahl alleingelassen von Eltern und Lehrern stolperten die jungen Menschen in eine Zeit der Auflösung aller Werte, an denen man sich noch hätte orientieren können. Autoritäre Ziele wurden teilweise mit Brachialgewalt durchgesetzt, anstatt argumentativ zu reagieren, und das einzig Neue an der Erziehung war die psychologische Schiene, der Druck mit Liebesentzug und Familienausschluss, die Drohung mit Zeichnung und Verdammung, mit Schuld am Tod der geliebten Mutter und Gottes Unbarmherzigkeit für die, die sich durch lange Haare und Hören von Rumpelmusik der Vernunft ihrer Väter widersetzten.

Dabei erkannten nicht einmal die zuständigen Erziehungseinrichtungen die wirkliche Loslösung ihrer Nachkommen in ihren fremden Ideen, Fantasien und - Drogen. Sie waren schlichtweg überrannt und überfordert. Oft waren ihnen ihre eigenen Kinder entglitten, weil sie kaum in der Lage waren, ihnen ihr Verstehen mit auf den Weg zu geben. Wie sollte dies aber dann in fremden Gefilden funktionieren?

Wir sprachen von freier Liebe und meinten die Auflösung aller Ängste und Komplexe miteinander, bekamen aber die

Zügellosigkeit plakativ ins Gesicht geschlagen. Wir träumten vom „make love, not war", liebten John Lennon dafür und ernteten nur Ignoranz für uns. Wir seien Menschen, die gar nicht wüssten, was Liebe bedeute. Wir liebten Pink Floyd im Rausch des Cannabis und ernteten Krieg und Psychiatrie für uns und unsere Ideen.

Irgendwann wurden viele psychotisch, schwebten zwischen Realität und Traum, waren nicht mehr in der Lage, sich mit der teilweise kriegsverherrlichenden braunen Suppe adäquat auseinander zu setzen, gaben auf, verzweifelten. Und der Weg war vorprogrammiert. Strauchelnde Menschen in der damaligen Gesellschaft wurden nicht angehört oder gar hoffähig gemacht. Man verbrachte sie in Heime und Psychiatrien, holte sich medikamentöse Killer und beruhigte seine eigen Brut, bis sie sich nicht mehr wehrte und angepasst wurde. Und es gab keine Möglichkeit für die Nichtvolljährigen, effektiv dagegen anzugehen. Man war ausgeliefert, wenn es die Eltern so wollten. Und nicht selten wollten sie es, brachten ihre Kinder skrupellos in Heime und ließen sie einbringen in Psychiatrien, nur um ihrer Fragen Herr zu werden. Dabei hätten sie vielleicht nur mal ehrlich antworten sollen?

Die Gefühle übrigens bei all den Möglichkeiten der sogenannten sexuellen Befreiung und deren Genuss blieben auf der Strecke. Der Umgang miteinander hatte sich deutlich verändert unter dem Druck von außen, der sogenannten sexuellen Befreiung. Aber die emotionalen Auswirkungen durch die intensiven Kontakte blieben nicht aus, belasteten unter Umständen sehr und führten in Lebensengen oder gar Sackgassen. Wertvolle Beziehungen kamen erst gar nicht zustande oder zerbrachen, andere lebten weiter mit dem Damoklesschwert der erlebten Fremdsexualität. Die Zeit der Angst, man würde schwanger, war vorbei, aber die Zeit der Angst, man verliere seinen Partner oder seine Gefühle, blieb. Man hatte uns alleine gelassen auf einem Feld der Verführung und Emotionslosigkeit, der Kälte und des Egoismus. Und man beschwerte sich über genau diese Problematik bei uns, als ob, wir, die jungen Menschen, sie erfunden hätte.

7. Gewalt

Gleichzeitig gab es für Gewalt hinter verschlossenen Türen keine Grenzen, wobei auch geringere Fehltritte wie zu spätes Nach-Hause-Kommen etwa teilweise drakonisch geahndet wurden. Nicht selten tauchten dann die geschundenen Kinder im JUZ auf und baten um Asyl, was nicht ganz so einfach möglich war, da man immer mit dem Auftauchen der Väter unter Umständen in Begleitung einiger Dorfburschen rechnen musste, die nur darauf warteten, den unliebsamen Bewohnern der verruchten Kommune mal eins überzuziehen. Die direkte Verbindung zum Jugendamt über Bruno konnte dabei manchmal helfen, aber nicht wirklich die latente Gefahr von Übergriffen beseitigen. Immerhin erzeugte die Zahl der Mitbewohner doch eine gewisse Vorsicht. Alleine aber war man den reaktionären Gesellen unter Umständen hilflos ausgeliefert. Werdi musste diese üble Erfahrung machen und sie blieb nicht ohne Folgen.

Eines Morgens war im Hof der Hausgemeinschaft ein sonderliches Rumoren zu vernehmen, tierische Laute, wie Brüllen und Erbrechen, dazu das Bellen des Hofhundes, den man sich angeschafft hatte, um unliebsame nächtliche Besuche in Grenzen zu halten. Als die Bewohner aufgeschreckt durch die tierisch anmutenden Laute den Hof betraten, sahen sie Werdi in einem der abgestellten Autos. Er tobte, dann blieb er still, dann bewegte er sich wieder durch das Fahrzeug, sodass es in seinem Rhythmus mitschwang, und blökte und grunzte wie ein verwundetes Tier. Als die Gruppe ihn befreite, wurde das ganze Ausmaß der Übergriffe deutlich, Werdi, immer mit langen Haaren, war total kahl rasiert auf einer Seite, dann mit Bier übergossen, seine Kleidung triefte, und dann mit Hühnerkot beschmiert. Er sah erbärmlich aus und er war so dicht, dass er die gemeinsame Waschaktion kaum stehend hinter sich brachte.

Immerhin wusste er am nächsten Mittag noch, dass er sich, nachdem er sich mit einem ordentlichen Joint Mut angeraucht hatte, in die Höhle des Gegners, den Treffpunkt der reaktionären Gruppe begeben hatte, natürlich in friedensmissionarischer Absicht, wo man ihn dann gezwungen habe, Alkohol in großen Mengen zu konsumieren. Ja, festgehalten habe man ihn sogar und es ihm eingefüllt, aber an mehr konnte er sich nicht erinnern. Die Ursache seiner auffälligen Frisur, das Fehlen seiner Unterwäsche und die Brandwunden auf der Brust konnte er nicht mehr zuordnen, irgendwann sei der Film gerissen.

Wir waren entsetzt, entsetzt über die Unmenschlichkeit, die politisch und soziologisch motiviert hier siegreich gewesen war. Dass Menschen aus ihrer anderen Anschauung so einfach einer sinnlosen Gewaltorgie Raum gegeben hatten, war für uns erschütternd und unbegreiflich. Der Gedanke an Rache war zum Glück nur der Ausbruch eines Momentes, recht schnell einigten wir uns darauf, juristisch vorzugehen, zumindest Anzeige zu erstatten, wenn auch ein Täter nicht identifiziert werden konnte. Immerhin erbrachte die Verbindung zum Jugendamt eine wenn nicht umfassende doch konsequente Befragung der Akteure, an die sich Werdi noch zu Anfang des Vorfalls erinnern konnte.

Durch die Polizei und zumindest die Androhung einer offiziellen Untersuchung des Vorfalls, der inzwischen im ganzen Ort Gespräch war und nicht nur Zustimmung erreichte, begann ein Nachdenken. Und immerhin gab es der gegnerischen Riege einen Dämpfer für das tätliche Verhalten gegenüber den Langhaarigen, denn dies hatte unliebsame Konsequenzen für staatstreue und erfolgsorientierte Bürger. Und davor hatten letztendlich alle Respekt.

Während es Werdi, einem schulisch nicht ganz so erfolgreichen, aber sehr belesenen Vertreter ziemlich schnell gelang, seinen Frust zumindest nach außen hin zu kompensieren und Erinnerungen, die eh nur bruchstückhaft waren, im Suff zu ertränken, funktionierte dies bei anderen nicht so leicht.

Eva zum Beispiel tauchte eines Nachts im Herbst auf, gerade mal fünfzehn geworden, stand frierend in Hemd und Höschen vor der Tür und bat, sie unterzubringen für die Nacht, sie zu beschützen. Ihr Körper war übersät mit blauen Flecken und auch im Gesicht sah man die Spuren der Misshandlung durch ihren Vater, wie sie berichtete. Sie ginge nicht zurück, eher stürbe sie, wir müssten ihr helfen, eine sehr heikle Situation.

Nach Meldung des Vorfalls beim Jugendamt und offizieller Genehmigung, sie für diese Nacht aufnehmen zu dürfen, bekam sie ein Bett zugewiesen.

Eva war ab und zu im JUZ aufgetaucht und hatte sich dort in einen etwas älteren Jungen verliebt. Offensichtlich hatte ihr Vater davon Wind bekommen und ihr den Umgang mit ihm verboten und sie eingesperrt. Als sie sich wehrte, hatte ihr Vater losgeprügelt und nur durch das beherzte Eingreifen ihrer Mutter hätte sie die Gelegenheit zur Flucht nutzen können.

7. Gewalt

Am nächsten Morgen stand dann der Vater vor der Türe, nachdem er vom Amt informiert worden war, nicht ohne Hinweis auf zu unterlassende Gewalt gegen seine Tochter, aber in der aufgeklärten Zeit der Siebziger hinkte das Gesetz noch erheblich hinterher und er nahm seine Tochter wieder in häuslichen und väterlichen Gewahrsam. Eva verschwand für die nächsten Wochen von der Bildfläche, in der Schule tauchte sie auf, wurde aber als völlig eingeschüchtert und überängstlich beschrieben. Äußerliche Spuren von Gewalt waren nicht mehr zu sehen. Erst viel später, Eva war inzwischen 18 und zu Hause ausgezogen, erfuhren wir vom Martyrium der seelischen und körperlichen Grausamkeiten, der sie jahrelang ausgesetzt war. Unter anderem hatte es ihr Vater sich nicht nehmen lassen, sie mit verknoteten und nassen Handtüchern an Stellen zu peitschen, deren Geheimhaltung er sich sicher sein konnte. Außerdem verfügte er über ein fast unermessliches Repertoire an psychologischen Druckmitteln, die Eva an den Rand des gefühlten Wahnsinns getrieben hatten, was wiederum zur Bestätigung des Vaters herhielt, dass seine Tochter nicht ganz richtig sei im Kopf. Immerhin stand dem Vater damals die Beurteilung einer solchen Situation zu und die Einweisung in eine psychiatrische Einrichtung hätte durchaus auf seine Veranlassung hin durchgeführt werden können. Erziehung hatte hier eine ganz andere Dimension, als es später der Fall war.

Und dann war da Silvi. Silvi war Teilnehmerin eines Seminars, das damals über das JUZ auch mit Schulklassen durchgeführt wurde. Das Programm für die Schulklassen lief stark gruppendynamisch ausgerichtet ab, ein zu dieser Zeit übliches Vorgehen. Die in Gruppendynamik geschulten

Teamer zeigten so die Beziehungen von Gruppenmitglie-
dern und Möglichkeiten, diese zu verbessern, auf.
Außerdem hatte jedes Seminar noch eine übergeordnete
Thematik, in diesem Fall sexuelle Belästigung. Durch gruppendynamische Anlässe und Spiele wurden die Teilnehmer
sensibilisiert und zu entsprechenden Aussagen geleitet, die
dann wiederum im Gesamtrahmen besprochen werden
konnten, um eventuell Lösungen zu finden.

Schon bei der Gruppenaufstellung zeigten sich
Besonderheiten bei Silvi. Während fast alle ihrer Klassenka-
meraden sie mochten, konnte sie keinerlei Verbindungsli-
nien zu anderen ziehen. Stattdessen zog sie eine Linie nach
unten, die sich im Boden zu verlieren schien. Die
anschließende Aufarbeitung traf bei ihr auf Abwehr und
Erstaunen über ihre scheinbare Unbeliebtheit. Dass sie der
Zuneigung gar nicht wert wäre, ließ die Teamer aufhorchen,
alle hätten ja keine Ahnung.

Zunächst erschien ihre Problematik die normalen Grenzen
nicht zu überschreiten. Denn zu oft eröffneten die gruppen-
dynamischen Vorgehen Defizite einzelner Teilnehmer, die
aber relativ einfach aufgefangen werden konnten. Denn
meist waren es Beziehungsdefizite und falsch eingeschätzte
Emotionen, die zu gefühlter Einsamkeit führten. Die
folgenden Übungen aber lösten dann bei ihr plötzliche
Flucht und Einschließen in ihr Zimmer aus. Dort brach sie
weinend zusammen und erst als die Tür aufgebrochen
worden war, kam die ganze Tragik ihrer Geschichte zum
Vorschein. Silvi klagte zwischen Heulen und Schluchzen
über sexuellen Missbrauch durch ihren Vater. Er käme
nachts, wenn er es mit ihrer Mutter erfolglos versucht hätte,

zu ihr und würde ihr unten sehr weh tun, dabei würde er ejakulieren. Sie wäre bereit, dies auch vor Gericht auszusagen, obwohl ihre Mutter davon wüsste, es sie also auch beträfe, sie es aber immer wieder geduldet hätte, damit er sie, ihre Mutter, nicht weiter quälte.

Nach langen Gesprächen gelang es dann den Teamern, Silvi in ein Krankenhaus zu bringen, um noch Spuren des letzten Übergriffs zu sichern, aber es zeigte sich zum Schrecken aller, dass Silvi ihre Unschuld besaß und diese unverletzt war. Es war allen klar, dass eine weitere Verfolgung der von Silvi formulierten Übergriffe enorm problematisch werden würde, da der Beweis der Tat fehlte. Aber letztendlich erreichte Silvi mit Unterstützung des Jugendamtes und ihrem dortigen Jugendgerichtshelfer, dass ein Prozess durchgeführt wurde, der am Ende zur Verurteilung des Vaters führte. Bruno war damals als Jugendgerichtshelfer beteiligt, reihte Aussage an Aussage, bemühte Zeugen der Katastrophe, sah sich aber letztendlich auf verlorenem Posten. Immerhin führten die Widersprüche des Vaters dazu, dass er zum sexuellen Übergriff einem Teilgeständnis ablegte, was ihm einige Jahre Zuchthaus ersparte. Er habe sich zwar an seiner Tochter vergangen, wie er formulierte, aber er habe sie nie penetriert, wie es ja nachgewiesen werden könnte.

Erst Jahre später, als Silvi längst sexuelle Beziehungen mit verschiedenen Männern gehabt hatte, entdeckte sie den tatsächlichen Missbrauch. Aufgrund ihrer äußerst sensiblen und zugleich abwehrenden Reaktion, wenn ein Partner ihrem Anus zu nahe kam, ließ sie irgendwann einmal eine Analpenetration zu und entdeckte, dass ihr Vater sie dort missbraucht hatte und er deshalb da, wo man vermutet hatte, auch keine Spuren hinterlassen hatte.

Der Schock war riesig, das Entsetzen groß, die durchaus hoffnungsvolle Beziehung vorbei, und die Programmierung für ungesunde Freizügigkeit gegeben. Ihre erste Ehe ging schief.

Ich traf sie später noch mal als Amateurschauspielerin in dem Stück „Einer flog übers Kuckucksnest". Sie spielte eine der gekauften Frauen und sie spielte überzeugend. Auch ihre zweite Ehe ging schief, dann verschwand sie im Nichts.

Körperliche Gewaltorgien und sogar sexuelle Übergriffe wurden teilweise als Erziehungsmöglichkeiten genutzt. Es gab gerade für die, die diese ganze sexuelle Revolution angezettelt hatten, wahrscheinlich um endlich machen zu können, was sie wollten, keine Tabus, sich an ihren Kindern zu vergreifen. Sie selbst trugen dann am Aschermittwoch das Aschenkreuz auf der Stirn und senkten büßend das Haupt, weil sie mit ihrer Ignoranz und Verantwortungslosigkeit den Menschen gegenüber Beziehungen kaputtgevögelt hatten, weil Fasching alles erlaubte. Aber, wenigstens ein Trost, kaum einer der Betroffenen konnte wirklich langfristig damit leben.

Und uns, den Jungen, warfen sie vor, wir hätten ihre Grenzen gesprengt und würden keine Tabus kennen. Wir genossen die Zeit der Freiheiten, aber wir kannten viele Tabus, die wir nicht brachen, und wir kannten noch Werte wie Ehre und Gewissen, Verzicht und Toleranz. Wir hätten uns über ein Nein nie hinweggesetzt und wir verzichteten sehr oft auf Angebote, weil wir treu blieben. Aber die psychologische Schiene der neuen Erwachsenen gewann Macht, übte Druck aus durch Liebesentzug und emotionale Erpressung, lebte scheinbare Freizügigkeit vor und zerstörte Andere ohne Skrupel und Verantwortung, dabei machte sie auch nicht Halt vor Kindern.

Es waren die für uns damals Alten, die Politiker und Zeitungsmacher, die Fotografen in Lohn und Brot seit Jahren, die zum ersten Mal unbekleidete Brüste darboten und ihre Generation geil werden ließen. Wir hatten dank sexueller Befreiung unsere Beziehungen auch schon mit körperlicher Liebe, wir waren uns treu, wir verzichteten auf das Angebot der sogenannten freien Liebe, wir waren eifersüchtig und enttäuscht, aber wir lebten sehr glücklich und zufrieden.

Für die Generation über uns waren wir abzulehnende Dummköpfe, die sich viel zu früh banden, die auslebten, was die Alten nie gekonnt hatten, die nicht fürchten mussten um unliebsame Schwangerschaften, die Freiheiten hatten, die die Alten nie gehabt hatten und nun skrupellos nachholten.

Aber wir waren nie die, die sie in Boulevardblättern verunglimpften, als Kommunisten beschimpften und als ihre eigene Brut bekämpften, weil wir nicht so waren, wie sie es sich vorgestellt hatten. Wir waren das Ziel ihres verkorksten Erwachsenwerdens, dessen Ende sie nie überwunden hatten. Wir waren Ziel ihrer Aggressionen, die sie eigentlich gegen sich hätten richten müssen. Wir waren sogar mit sechzehn verantwortlich für die ersten Diskotheken.

Da hier die Ursache allen Übels, der Sumpf von ungezügelter Sexualität und Drogenkonsum gesehen wurde, waren diese Einrichtungen auch zunächst tabu für uns.

Und die Klientel war nicht unbedingt die Jugend allein. Auffällig waren die männlichen Besucher im Alter zwischen 30 und 40, die sich an den Theken mit Cola und Whiskey eindeckten, um den blutjungen Mädels zwischen 16.00 und 20.00 Uhr richtig einen einzugießen. Dann erreichte man unter Umständen einen Grad der Betrunkenheit bei der jeweiligen Zielperson, um ihre vernunftbedingte Abwehrhaltung gegen solche „Schmocks" auszuschalten. Knutschen und Fummeln und nicht selten ein kleiner Fick mit Überraschungsmoment waren die Folgen dieser unbedachten Einladungszustimmungen.

Wir hatten eigentlich keine Chancen gegen sie, die Älteren, die Eltern, die Aufbauer und Kriegserleber, die Alleswisser und Alleskönner, „denn wir hatten ja keine Ahnung". Dabei waren diese Eltern nicht mal Generation des verlorenen Weltkriegs. Sie alle waren in der Regel nach dem Krieg oder während der letzten Kriegsjahre geboren, hatten die Vergangenheitsbewältigung ihrer Eltern erlebt und offensichtlich nichts daraus gelernt.

Viele Facetten wurden übernommen, die psychologische Kriegsführung kam als Errungenschaft nach dem Krieg hinzu und die Welt konnte erneut im Sinne der alten Riegen aufgebaut werden.

Dass dabei auch Altnazis kräftig mitmischten, störte keinen der neuen Generation, die weiterhin bestehenden Ideale folgten, deren positive Auswirkung nie bewiesen worden war. Aber es störte uns. Und es störte uns vor allem, dass man entgegen aller Erkenntnis diese Tatsache vehement leugnete. Vielleicht hätte zur Vergangenheitsbewältigung beigetragen, wenn man wenigstens zugegeben hätte, dass es diese Zeit „aktiv" gab. Denn die Beschreibung einer passiv erlebten Zeit, „man habe ja nichts machen können, nichts gewusst von all dem Schrecken des Dritten Reichs, war auch eigentlich immer dagegen", entlarvte sich zu schnell als Lüge einer ganzen Generation.

Im Übrigen bin ich mir gar nicht so sicher, ob wir uns gegen einen Menschen gestellt hätten, der uns einfach nur wahrheitsgemäß informiert hätte über die Zeit des Dritten Reichs. Aber die ständigen Lügen und Beschönigungen machten uns irgendwann wütend und nicht mehr tolerant.

So war es in der Nachkriegsgesellschaft auch nur konsequent, dass es viele Jahre lang kaum deutsche Literatur gab, die sich mit den Gräueln des nationalsozialistischen Regimes adäquat auseinandersetzte. Und in der Schule, vor allem in der Oberstufe, fehlte dieser Inhalt meist ganz.

8. Gruppendynamik und Seminare

Aus der Achtundsechziger-Bewegung tauchten damals zahlreiche selbsternannte Gurus auf, die sich aber nicht als solche outeten, sondern gut bezahlt im Gewand modern denkender und um die Zukunft und ihre Notwendigkeiten wissende Heilsbringer auftraten. Und jeder Bereich, der mit Menschen zu tun hatte, war infiltriert durch solche Verführer, die in Wochenseminaren die Teilnehmer abkochten, bis sie auf dem seelischen Zahnfleisch liefen. Dabei waren ihrer Meinung nach neue gruppendynamische Ansätze unbedingt notwendig, um den Einzelnen aus seinem gesellschaftlichen Gefängnis zu befreien. Dass dabei letzte Glauben an Treue und Liebe unter zwei Menschen gebrochen wurden, war diesen meist wenig geschulten Halbpsychologen egal. Hauptsache, sie konnten ihrer Lust möglichst oft und weit gestreut unter den Teilnehmerinnen frönen.

Natürlich geschah dies nur zur Unterstützung der Befreiungsversuche der jungen Frauen von, wie sie sehr überzeugend formulieren konnten, bürgerlich längst überholten Ehe- und Treuegefängnissen. Während dieser Seminare gab es viele turbulente Szenen, weil sich die Gurus natürlich nicht an eine auserwählte Person zur Befreiung hielten, sondern ihre Stellung weidlich ausnutzten im gesamten Publikum. Für die dann berechtigten und nicht versiegenden Tränenfluten gab es wiederum Psychospiele, die letztendlich die Betroffenen als das zurückließen, was sie geworden waren, „fremd- und massengevögelte Arschlöcher".

Trotzdem beinhalteten diese Seminare auch viel Interessantes. Rund um die Uhr waren die Teilnehmer in Aktionen eingebunden. Neben musikalischen Events gab es gemeinsames Erleben in Gruppengesprächen und Spaziergängen, wobei die Teilnehmer immer in irgendeiner Form unter Kontrolle der Teamer standen. Und wer für sich ein Lächeln dieser selbsternannten Götter erhaschen konnte, blieb unter Umständen beim nächsten Psychospiel nicht ohne Betreuung, bevor man ihn in die persönliche Befreiung durch Fremdsexualität und dann in das Nichts stürzte.

Nach Hilfe suchende und gar weinende Teilnehmer, auch Männer in nicht geringer Zahl, waren dabei stetige Begleiterscheinungen der pseudopsychologischen Zerlegungstaktik, der dann oft wilde Vereinigungsrituale unter dem Aspekt des wiedergefundenen Schutzes des Mutterschoßes folgten.

Und wir, die wir selbst betroffen, manchmal entsetzt, zumindest aber auffallend bleich aus diesen Seminaren hervorgingen, sollten daraus lernen, es im Ansatz gleich zu tun oder zumindest die Teile der Seminare zu nutzen, die uns ungefährlich erschienen. Allerdings waren unsere Zielgruppen meist junge Menschen aus Gesamtschulen, die nicht selten Konflikte mit sich herumschleppten, denen wir nicht gewachsen waren.

Bruno erzählte immer wieder mal von einem dieser Seminare, das er selbst als Teamer durchgeführt hatte und das in seinen Augen fast schief gelaufen wäre. Denn die Teilnehmer, Schüler zwischen vierzehn und sechzehn Jahren, deren Lehrerpärchen die Zeit des Seminars reichlich ausnutzte, sich geschlechtlicher Freuden zu erinnern, waren sehr sensibel für die Seminarinhalte und knieten sich intensiv in gruppendynamische Arbeit. Ein Beziehungsbild der Schülerinnen und Schüler mit Linien und Pfeilen, die Akzeptanz oder mehr ausdrückten, stellte in Tafelgröße den Einstieg in das Seminargeschehen dar.

Neben der Erkenntnis, dass es einige nicht beliebte Teilnehmer gab, die sich so nicht gesehen hatten, gab es auch Gruppenkonzentrationen, die aber durch die Visualisierung im „Großformat" in der Interpretation des gesamten Bildes nicht entsprechend umgewertet werden konnten, auch wenn man dessen Notwendigkeit erkannte. Nach unserer für alle sichtbaren bildlichen Darstellung war eine Korrektur eben nicht mehr möglich. Was aber war passiert?

Eine gruppendynamische Vorgehensweise hatte ein Ergebnis gebracht, mit dem wir nicht adäquat umgehen konnten. Letztendlich mussten alle Erwachsenen in Gruppen- und Einzelgesprächen den Rest des Tages Hilfe-stellungen geben. Als der Gruppenprozess dann auch noch unnötig durch das Vorgehen eines Teamers angeheizt wurde, er warf der Gruppe pauschal Faulheit und Verweigerung vor, wurde der Rahmen eines Schulseminars fast gesprengt. Erst eine gespielte Gerichtsverhandlung, die den Schülerinnen und Schülern Raum genug gab, sich zu rechtfertigen und den besagten Teamer anzuklagen, brachte etwas Beruhigung. Insgesamt aber fanden wir alle wenig Nachtruhe und genauso sahen wir auch aus, als die Gruppe nach einer Woche wieder zurück kam.

Der folgende Elternabend zur Klärung der für die Eltern sehr auffälligen grauen Gesichter ihrer Sprösslinge brachte dann auch durchaus Auflösung. Zum einen platzte das außereheliche Verhältnis der beiden Pädagogen, denn die Schüler sahen nicht ein, auch nur einen Aspekt des Erlebten zu verschweigen.

Zum anderen kam zu Tage, dass junge Menschen in diesem gesegneten Alter zahlreiche Probleme des Erwachsenwerdens mit sich herumschleppten, ohne die Unterstützung der Eltern zu bekommen. Als ein Vater sich dann in die Aussage verstieg, seine Tochter habe in diesem Alter keine Probleme und wenn, dann habe sie keine zu haben, war das Seminar im Nachhinein gerechtfertigt.

Immerhin stand die Mehrheit der Eltern spätestens ab diesem Moment hinter den Teamern, aber die Sache war durchaus ein „knappes Höschen". Bruno erzählte später, dass er ähnliche Psychospiele nie mehr angewendet hatte.

9.Bruno und Elfi

Ich kannte Bruno als friedlichen und ausgeglichenen Menschen, als Mann für die Verbindung zum Amt. Und ich kannte Bruno als Charmeur, der Frauen wie Männer um den Finger wickeln konnte, und dessen Stimme allein schon ausreichte, um Gänsehaut zu bekommen.

Bruno war vergeben, leider, jede unserer Frauen wäre seinem Charme gerne erlegen, aber viele zögerten trotz der großen Freiheitsbewegungen, die als Versprechen um uns herumschwirrten wie Nebel im Herbstmorgen, aber sich nicht auflösten.

Bruno selbst schien unnahbar, es gab da nämlich Elfi. Er selbst umarmte, fasste an, küsste, kannte keine Hemmungen, trotzdem blieben die ihm nachgesagten mormonischen Sitten unbewiesen, denn er liebte Elfi. Niemand wusste, ob er sich einließ und mit wem, aber jeder glaubte zu wissen, dass er ständig eine Frau beglückte. Und dieser Traummann war liebenswert, friedfertig, ausgleichend, ja bequem. Und ein kleiner Bauchansatz zeigte seine innere Ruhe.

Elfi war Brunos Frau, Freundin, Geliebte, begeisternd schön mit dunklem lockigen Haar und atemberaubender Figur. Dazu war sie eine liebenswerte, aber durchaus auch strenge Persönlichkeit, die aussandte, dass sie genau wusste, was sie wollte. Und Elfi arbeitete in der nahegelegenen Psychiatrie, war mehr als nur Fachkraft, erkannte jeden und wusste oft im Vorhinein schon, was passieren würde. Manchmal fragte sie nicht einmal, ein Blick reichte und sie wusste die Wahrheit. Auch für mich war sie begehrenswert faszinierend. Aber sie liebte Bruno.

Elfi war ein Traum, bald der Traum eines jeden JUZ Besuchers, aber unerreichbar. Und manchmal ertappte ich mich dabei, den Besuch des JUZ vorzuschieben, um Elfi zu treffen und mit ihr zu reden. Elfi konnte sich auf Wesentliches konzentrieren und dies mit enormem Wissen untermauern. Nicht selten war ich auf Bruno neidisch, dass ausgerechnet er, ein liebenswerter, aber ein bisschen trotteliger Bär, diese wunderbare Frau an seiner Seite hatte, aber sie liebte ihn offensichtlich. Dabei war sie sicherlich nicht immer glücklich über seine Eskapaden, die vor allem alkoholische Exzesse beinhalteten. Manchmal kam er von seiner Tour gegen Morgen zurück, wenn sie gerade aufstand, um zu arbeiten, ein für mich trauriger Zustand, der aber offensichtlich nichts an ihrer Liebe und Treue änderte.

Für mich gehörte Bruno zu den glücklichsten Menschen zu dieser Zeit, nicht ohne seine wunderbare Frau dabei gebührend einzubeziehen.

Und dann lernte ich am Abend eines ausschweifenden Festes Bruno von einer ganz anderen Seite kennen. Wir saßen friedlich zusammen, JUZ-Besucher, Freunde, Neugierige, feierten Geburtstag, als es passierte.

Als Karlo nach reichlichem Alkohol- und Drogenkonsum mit dem Messer aufstand, um es gegen seine vermeintlichen Feinde zu richten und vielleicht auch zu gebrauchen, wurde ich Zeuge eines unglaublichen Vorfalls.

Bruno sprang auf, behänd und schnell, und schlug zu, und Karlo fiel wie ein Sack Mehl um, getroffen von Brunos Faust und bewusstlos. So schnell und so effektiv hatte ich bis dahin noch nie einen Menschen einschreiten sehen, aber man munkelte auch, dass Bruno mal das Boxen gelernt hatte.

Und ehe mögliche Opfer noch registrierten, dass sie vielleicht angegriffen werden sollten, hatte Bruno schon das Messer eingesackt.

Ob Karlo an diesem Abend dicht vom Kiffen oder vom Alkohol oder von beidem war, erfuhren wie nicht. Es gab auch kein Nachspiel, aber die Gruppe entwickelte doch einen ordentlichen Respekt Bruno gegenüber, der also nicht nur redete, sondern auch handeln konnte.

Brunos Frau erlebte diese Dinge selten, sie war kaum dabei, wenn wir mal wieder über die Stränge schlugen, arbeitete und wurde irgendwann auch schwanger. Aber immer, wenn sie auftauchte, schlugen die Herzen der jungen Männer höher, denn sie war eine ausgesprochen schöne und bezaubernde Frau und wir liebten sie alle ohne Grenzen. Sie hatte das Herz da, wo es Bruno manchmal fehlte, sie war Engel, wenn die Teufel über uns herfielen, und sie war Ersatzmutti für alle Verzweifelten und Gestrandeten. Ihr Herz schlug bald in uns und wir liebten sie alle.

Wahrscheinlich verriet Andy ihr deshalb, was er gesehen hatte, als er damals Bruno in den Armen einer anderen erwischte. Er liebte Elfi insgeheim so sehr, dass er ihr dieses Leid auf Dauer nicht zumuten wollte. Außerdem hatte Elfi auf einer Feier längst die verstohlenen Blicke und auffälligen Näherungen der „feindlichen" Person ausgemacht, die sich ihrem Mann ständig entgegenwarf. Auf ihre Frage, was da denn sei, konnte Andy nicht anders, als seiner Angebeteten die Wahrheit zu sagen, die aber damals nur er kannte.

Denn er war der einzige, der überall Vertrauter war, der Zugang hatte, und der irgendwann Bruno in den Armen dieser Frau erwischt hatte. Damals hatte er sich vorgenommen, dies auf Dauer nicht zu akzeptieren. Er ließ Bruno nur etwas Zeit, es selbst zu bereinigen.

Aber es war völlig in Ordnung, wie es lief, Bruno gab zu, bereute, und schwor das Ende, und Elfi schlief mit ihm, um ihm zu zeigen, was wahre und korrekte Liebe sein kann und will. Und wenig später war Elfi zur Freude aller Jugendzentrumsbesucher und Wohngemeinschaftsanhänger schwanger.

Die Mitteilung der Schwangerschaft war eine Sensation, als ob alle mitfühlten, mitwüchsen, wüssten, was geschieht. Jeder war plötzlich Fachmann, erzählte aus seinem früheren Leben, dem der Eltern, zeigte Wissen und Freude. Die Begutachtung des wachsenden Bauches beherrschte die Gemüter, als ob man gemeinsam gebären wollte. Und das Rätselraten, ob Junge oder Mädchen, es nahm jeden Gedanken gefangen. Elfi war schwanger. Und sie wuchs in herrlicher Erhabenheit, fraulicher Herrlichkeit, ein unendlich gutes Gefühl für Bruno, sie so glücklich zu erleben.

Die Geburt sollte selbstverständlich natürlich sein, wobei niemand genau definieren konnte, was damit gemeint war. Angesichts der fortschrittlichen Entwicklung versprach die Medizin modernste Ansätze von Geburt. Allein, man lebte auf dem Land.

9.Bruno und Elfi

Viele Dinge der neuen Zeit waren nicht einmal Bestandteil des sprachlichen Repertoires der ansässigen Ärzte, geschweige denn einer tatsächlichen Praktizierung durch sie. Zahlreiche Empfehlungen der Emanzipationsbewegung der Siebziger, dass der Mann unbedingt bei der Geburt anwesend sein müsste, war den ländlichen Krankenhäusern fremd geblieben oder äußerst suspekt.

Eine Zeit, die uns rasend überholt hatte in ihrem Denken, blieb in vielen Bereichen einfach stecken, weit hinter uns im Gewirr der Reaktion. Die Forderung nach Umsetzen der Ideen glich einem Kampf gegen Windmühlflügel. Nicht mal der Gedanke war zulässig. Und so fanden Bruno und Elfi auch kein Krankenhaus, was nur im Entferntesten ihren Wünschen entgegen gekommen wäre.

Also Entscheidung für Hausgeburt in einer Arztpraxis, natürlich unter Teilnahme des „Vaters". Als Unterstützung vielleicht noch die Hilfe einer engen Freundin. Dann machte man sich auf nach Blasensprung und erwartbarer Geburt in den nächsten Stunden, so die Hoffnung der Beteiligten.

Was letztendlich geschah, war der blanke Horror, eine 36 Stunden lange Geburt unter hohem Sterberisiko für Frau und Kind. Der erste Tag verlief noch planmäßig, Wehen setzten immer stärker ein. Der Zuspruch von Bruno und Lena halfen beim Atmen und Arzt und Hebamme blieben zuversichtlich. Gegen Abend aber erwuchs die erwartete Geburt zur Katastrophe. Für Elfi, viel zu schwach inzwischen, um weiter zu gebären, wurde Ruhe angeordnet, man warte bis zum nächsten Morgen.

Dann schickte der Doktor Bruno und Lena zum Frühstück, um die Geburt endlich einleiten zu können. Dass er dabei den Muttermund zu öffnen und das Kind zu drehen versuchte, wussten die beiden nicht. Aber sie mussten so auch nicht die fast unerträglichen Schmerzen miterleben, die nun Elfi aushalten musste.

Als Bruno und Lena vom Frühstück kamen, war die Stimmung im Arztzimmer gekippt. Es herrschte seltsame Aufregung und Spannung, kein Zeichen für eine Geburt ohne Komplikationen. Die neue Erdenbürgerin, noch immer im Bauch ihrer Mutter, hatte eine Kopfsonde bekommen, über die sich ihr Herzschlag zunehmend in die Köpfe der Anwesenden einbrannte. Dann plötzliches Verlangsamen, hektische Befehle, für Bruno die letzte Möglichkeit, den Tod von Mutter und Kind zu verhindern.

Lena und Bruno versuchten mit brachialer Gewalt den Bauch von Elfi zu bearbeiten. Die Hebamme legte ihr gesamtes Gewicht auf Elfi und der Arzt befestigte die Saugglocke, mit der dann die neue Erdenbürgerin das Licht der Welt erblickte.

Die Tränenflut, mit der Bruno seine Tochter begrüßte, war schier endlos, auch Lena schluchzte, aber Elfi und ihre kleine Tochter lebten. Zitternd hielt Bruno das kleine Bündel für ihn ohne erkennbare Lebenszeichen in den Armen, aber sie bekam immerhin 8 von 10 Punkten, nach fünf Minuten, dann die volle Überlebenszahl.

Fünf Stunden später verließen Elfi, Bruno und Lena die Praxis, traumatisiert, aber glücklich. Keine Behandlung, Betreuung, Kindbettfieber, Wochenbettdepression, alles

Fremdworte einer sowieso ungeliebten Medizin. Man hatte diese Dinge eben nicht und die Hebamme war es zufrieden. Der eigens gebaute Stuhl mit einer weichen Ringauflage für Elfi gab ihr die Möglichkeit, sich trotz Dammschnitts an den Tisch zu setzen. Und Mutter und Kind gediehen prächtig. Und einige der Dorfbewohner kamen tatsächlich, um der neuen Erdenbürgerin und ihrer Eltern zu gratulieren.

Vielleicht trieb sie die Neugier, vielleicht war es ehrliche Freude, letztendlich blieb das Motiv des Besuches egal. Und jeder Besuch brachte ein wenig mehr Freude und Anerkennung.

Dass Elfi nach sechs Wochen wieder ihre Arbeit aufnahm, wurde von der Dorfgemeinschaft wohlwollend aufgenommen. Aber das überdimensionierte Kinderbett, immerhin selbst gebaut, störte. Es fand keine Zustimmung und wurde heftig diskutiert.

Man bette das Kind auf Holzpaletten in kinderzimmerunähnlichen Räumen. Neben dem Bett stehe ein Stuhl, den man zur Liege umfunktionieren könne, unüblich, nicht der Norm entsprechend, erschreckend. Immerhin seien die beiden Eltern nicht mal verheiratet, wie konnten sie dann ein Kind korrekt ernähren und erziehen. Aber das Jugendamt würde ja kontrollieren.

Und dann die größte Peinlichkeit der ganzen Geburtsgeschichte. Bruno arbeitete seit vielen Jahren beim Jugendamt, war tätig in der Gerichtshilfe und besaß sicherlich enormes Wissen und Geschick, mit vielen Problemen umzugehen. Aber die Ankündigung des Besuchs durch das Jugendamt war offiziell und entsprach bei nicht-verheirateten Eltern den damaligen Vorschriften.

Eine jüngere Kollegin aus dem Bekanntenkreis von Bruno kam zu Kaffee und Kuchen, lächelte zur Ausstellung ihres Berichtes, es sei alles in Ordnung, setzte ihren Namen unter das Dokument und verließ, selbst in Zweifeln über ihren Einsatz, den zukünftigen Lebensmittelpunkt des Kindes.

Wenige Tage später kam die Nachricht, dass die kleine Frau leibliches Kind der Mutter und der angegebene Vater als solcher registriert sei. Ein Zugriff in irgendeiner Form auf das Mädchen und seine Erziehung sei aber für den Vater nicht möglich. Und die Mutter habe das alleinige Bestimmungs- und Sorgerecht über das Kind.

Erst nachfolgende Überlegungen machten das Problem deutlich. Sollte aus irgendeinem Grund der Mutter des Kindes etwas passieren, würde der Vater des Kindes keinerlei Einfluss auf dieses haben. Eltern und Schwiegereltern würden dann eher entscheiden dürfen über das Wohl der kleinen Frau, über ihre Unterbringung und ihren Verbleib, als es dem leiblichen Vater zugestanden hätte. Eine Horrorvorstellung für Bruno.

Immerhin hatte man damit dem Zeitgeist entsprochen, der längst von natürlicher Geburt sprach, aber die Erfahrung mit dem realen Zustand war alles andere als positiv. Totale Verweigerung des Neuem und Fehlen von Erfahrungen hatten nur knapp an einer Katastrophe vorbeigeführt. Und wieder einmal machten sich neben dem unendlichen Glücksgefühl der neuen Erdenbürgerin gegenüber leise

Zweifel breit, ob die formulierten Ansprüche der Siebziger die Realität nicht sträflich hinter sich gelassen hatten.

Denn die jungen Menschen orientierten sich an den Älteren, die Neues propagierten, blieben aber ohne Hilfe, wenn sie die Umsetzung einforderten.

Das Jugendamt meldete sich immer wieder, nachdem man Hausbesuch und Protokoll über lebenswerte Zustände abgehakt hatte, aber aus ganz anderen Gründen. Wenn die Eheleute offiziell ohne Kontrolle des Amtes der Erziehung eines Kindes nicht fähig waren, weil sie gesellschaftliche Vorgaben nicht erfüllten, so waren sie doch hinreichend fähig, gestrandete Personen aufzunehmen.

Bruno hatte zu dieser Zeit zwar offiziell keinen Zugriff auf seine Tochter, seine häuslichen Umstände aber galten offensichtlich als so geordnet, dass ihm das Amt zahlreiche Problemfälle zur Betreuung auftrug.

Irgendwann, viel später, heiratete Bruno, um dem Spuk des Vaterseins ohne jeglichen Einfluss auf das Kind zu beenden, wie er mir mal erzählte. Immerhin hatte die damalige Familienpolitik die Lösung Ehe und die damit verbundene Ehelichung des Kindes zugelassen. Sie war der einzige Ausweg aus der Erziehungsschieflage von Mann und Frau zu dieser Zeit. Immerhin übernahm der Mann damit auch offiziell ein Recht auf Verpflichtungen für den Partner und die Kinder.

Die kleine Jenny aber wurde Mittelpunkt der Jugendzentrumsgemeinde, deren Kern sich zunehmend auch als Familie fühlte. Doch obwohl es den jungen Menschen offensichtlich gut ging und sie sich wohl fühlten in der

71

Gemeinschaft, kam Kontakt zu deren Eltern meist nur dann auf, wenn deren Neugierde sie trieb, mal das Jugendzentrum und den Hof der Gemeinschaft zu sehen. Das distanzierte Beobachten des Fremden aber blieb, auch wenn längst im Dorf bekannt war, dass dem Projekt das Jugendamt des Kreises vorstand.

10. Flüchtlinge aus Chile

Sie kamen von Chile, über Nacht, fast wie nach einer Flucht, mit dem, was sie auf dem Leib trugen. Das Amt fragte nach, ob Bruno Platz habe, zwei politisch Verfolgte aus Südamerika, vorübergehend. Bruno akzeptierte.

Irgendwann stand der Wagen vor der Türe, spuckte zwei Menschen aus, etwa in den Zwanzigern, erwartungsfroh lächelnd.

Bruno hatte einige Mitbewohner informiert, wir standen Spalier, durchaus gespannt darauf, wer hier nun ankam, wie man sich verständigen würde, welche Geschichte sie zu bieten hatten.

Zwar war bisher nur einmal vorgekommen, dass eine herzzerreißende Geschichte unsere Zustimmung erschleichen sollte, aber wir hatten recht schnell erkannt, was hinter solchen Lügen steckte, jetzt aber waren wir gespannt.

Natürlich hatten wir die Geschichte Chiles diskutiert. Die Seit Ende 1970 von einer sozialistischen Koalitionsregierung der Unidad Popular unter Salvador Allende geführte und demokratisch ausgerichtete Regierung hatte zunächst Erstaunen, dann aber auch Begeisterung und Hoffnung auf Neues initiiert. Und fast ungläubig hatten wir die Entwicklung in Chile beobachtet und mit Sorge die in der ersten Jahreshälfte 1973 aufgetretenen politischen und wirtschaftlichen Spannungen beobachtet.

Und dann kam der Putsch, weitgehend von den Medien vernachlässigt und vor allem in dem, was den Menschen passierte, kaum beachtet.

Eine Militärjunta übernahm die Macht und ernannte Pinochet zu ihrem Präsidenten.

Dass der Geheimdienst der Junta Dokumente mit angeblichen Plänen der Regierung Allende, unter anderem konservative Politiker zu ermorden und eine Diktatur zu etablieren, gefälscht hatte, war den Medien nicht bekannt und wurde erst viele Jahre später entdeckt. Und dass die USA maßgeblich hinter dem Putsch stand, wurde allenfalls nur unter der Hand weitergegeben, kaum aber geglaubt. Irgendwie traute man diese Verbrechen einem damals noch für uns demokratischen Vorbild und vielbesungenen Retter aus dem Nationalsozialismus einfach nicht zu.

Aber aus dem Vorwurf an die Allenderegierung und der nachfolgenden Diktatur spielten sich in Chile furchtbare Dinge ab, die wir in Europa, wenn überhaupt, erst viel, später erfuhren. Durchaus waren für die spärlichen Informationen auch die Amerikaner schuld, die jede Information darüber zu unterbinden suchten. Aber auch das war erst Diskussionsgegenstand viel späterer Zeiten.

Wir wussten wenig, aber wir erwarteten Menschen, die offensichtlich verfolgt worden waren und sich in Not befunden hatten, und egal, warum sie kamen, warum sie geflohen waren, sie waren uns willkommen.

Alberto sprach sogar ein wenig Deutsch, stellte uns seine Partnerin als Schwester vor und war ansonsten bemüht, die vielen Fragen zu beantworten, ohne die schreckliche

Realität zu bemühen, die hinter den beiden lag. Denn, wie er später mal mir gegenüber zugab, hatte er einfach Angst davor, wir könnten ihre Geschichte als übertriebenen Versuch werten, bemitleidet zu werden.

Sie hätten durch ihre Eltern, beide in Chile lebende Deutsche, nach ihrer Verhaftung einfach Glück gehabt, dass man sie hatte gehen lassen, natürlich nur unter der Bedingung, dass sie so schnell wie möglich das Land verlassen würden.

Dass Maria die Mitteilung ihrer Freilassung durch zwei Revolutionsoffiziere mit mehrfacher Vergewaltigung bezahlen musste, erfuhren wir zu diesem Zeitpunkt nicht. Und auch den Grund ihres seltsam unsicheren Gangs aufgrund ihrer in einer der Foltern verbrannten Fußsohlen behielt sie zunächst für sich. Trotzdem konnte sie lachen, sich freuen und unsere Gastfreundschaft genießen.

Bruno bemühte sich redlich um psychologische Betreuung der beiden, aber der Kreisausschuss, zuständig für diesen Sonderfall von Flüchtlingen, zeigte sich sehr schnell total überfordert. Mittel wären dafür jetzt nicht eingeplant, schließlich hätten der Putsch und die Folgen auch sie und die Bundesrepublik überrascht. Aber man werde sich Gedanken machen.

Bruno hatte im Dachgeschoss ein Zimmer frei gemacht, eine Trennwand gewährleistete den Intimen Bereich der Geschwister, ansonsten saß man abends zusammen und versuchte erst mal, sich frei zu sprechen.

Mit der Zeit kamen dann die furchtbaren Erlebnisse der beiden hoch. Sie waren als Studenten Opfer der willkürlichen Verhaftungen gewesen und im Estadio Nacional, in dem Tausende Gefangene zusammengetrieben und gefoltert und zum Teil später exekutiert worden waren, eingekerkert worden. Warum ihnen dann die Befreiung aus fast aussichtsloser Lage gelang, konnten sie selbst nicht begreifen.

Irgendwann zog Maria ihr Shirt aus, als wir wieder einmal über Chile diskutierten und vielleicht aufgrund unseres Unwissens über die wahren Vorgänge unsere Urteile zu streng formulierten, und wir verstummten entsetzt. Ihr Körper war übersät mit Narbenpunkten von Zigarettenkippen und Messerspuren. Sie musste Unmenschliches erfahren haben und sie war Folteropfer. Und auch ihre Füße schrien mit ihren Narben die Verletzungen zum Himmel, die sie hatte erleiden müssen.

Wir erlebten Sprachlosigkeit, tiefe Traurigkeit und irgendwo auch ein bisschen Wut über demokratische Systeme, die nichts anderes im Sinn haben, als solche politische Strukturen zu stützen.

Und manche Nächte waren kurz, immer wieder zerrissen durch Marias Schreie, die auch in den Armen von Elfi manchmal kaum mehr zu beruhigen war. Aber die ausgleichende Umgebung und die vorbehaltlose Aufnahme in der Gruppe halfen ihr relativ schnell, ihren jetzigen Aufenthaltsort als friedlich und gefahrlos zu erleben. Und zunehmend konnte sie durchschlafen.

Allerdings durften wir in dieser Zeit die Haustüre nicht abschließen, denn ein verschlossener Weg stieß sie immer wieder in psychotische Momente, die aufzufangen manchmal all unsere Kraft kostete.

Offizielle Hilfsangebote wie etwa psychologische Betreuung oder Therapie gab es übrigens damals nicht. Wer in Not geraten war, musste irgendwie die Kraft selbst aufbringen, sich an seinen eigenen Haaren wieder aus dem Sumpf zu ziehen.

Einige Wochen später riefen deutsche Gruppen zu einer Demonstration in der nächstgelegen Stadt gegen das Pinochet–Regime auf. Andy war sofort dabei, nicht nur, weil, Maria ihm gefiel und er sie und ihren Überlebenskampf bewunderte, sondern weil er es auch für eine Pflicht hielt, die beiden in ihrem Kampf sichtbar zu unterstützen. Auch andere Mitglieder des Jugendzentrums waren sofort bereit, sich anzuschließen. Und schnell herrschte Einigkeit, dass man einen Fahrdienst organisieren und die beiden Chilenen begleiten wolle.

Dann erste Bedenken, Einwände, Hinweise auf die Gefahren, die uns erwarten würden, rudimentär formulierte Entschuldigungsfloskeln, die eine Teilnahme in Frage stellten.

Und es waren genau diejenigen, die sonst in den Diskussionen das große Wort führten und schnell dabei waren, denen, die täglich arbeiten gingen, politische Indifferenz vorzuwerfen. Man könne nicht, weil ein Geburtstag…, eher unvorhergesehen,… die Eltern würden darauf bestehen. Aber man sei natürlich mit ganzem Herzen bei der Sache und unterstütze sie, wo immer man könne.

Nur nicht eben an diesem Wochenende. Außerdem sei Chile doch so weit entfernt und Sinn mache das sowieso nicht.

Natürlich nahmen wir teil, die Gruppe war eben etwas kleiner, als wir es ursprünglich geplant hatten, und Andy führte uns an, nahm Maria beschützend am Arm und ließ sie während der gesamten Demonstration nicht mehr los.

Die Protestaktion verlief friedlich und am Abend diskutierten wir noch lange über die Auswirkungen für Südamerika, leider mit sehr negativen Prognosen. Aber wir hatten die beiden Flüchtlinge nicht im Stich gelassen und fühlten so etwas wie Stolz, dass uns dieser Schulterschluss gelungen war.

Und irgendwann verabschiedeten sich Alberto und Maria unter Tränen, weil sie von Oben die Anordnung bekommen hatten, unterzutauchen, um eventuellen Verfolgern nicht in die Hände zu fallen. Natürlich durfte niemand wissen, wohin man die beiden brachte, und für alle war klar, dass dies ein Abschied für lange, wenn nicht für immer sein würde.

Niemals könnten sie gut machen, was sie bei uns erlebt hatten, und niemals würden sie die Offenheit und Liebe, mit der sie bei uns aufgenommen worden waren, vergessen.

Dann winkten wir hinter dem Wagen her, der sie mit in die nächtliche Dunkelheit nahm. Und vielleicht waren es sogar Geheimdienstler des Pinochet-Regimes, die hier ihre politischen Gegner aus Deutschland zurückholten. Dass solche Unternehmen möglich waren, erfuhr man erst viel später, und wer den Entführungs- und Todeskommandos in deutschen Kreisen half, erfuhr man gar nicht.

Auf jeden Fall hat keiner von uns je noch einmal etwas von den beiden Chilenen gehört.

Damals ergriff uns ein bodenloses Gefühl des Trauerns, weil wir wieder einmal unsere Hilflosigkeit spürten, obwohl wir sicher waren, dass wir das Richtige gewollt und unterstützt hatten. Und wir ahnten wie so oft, dass unsere Zeit nicht so erfolgreich enden würde, wie man es uns ständig vorgaukelte unter der Bedingung, dass wir nicht tun sollten, was unsere Eltern von uns erwarteten.

10. Flüchtlinge aus Chile

11.Widerstand

Als im Nachbarort dann zwei Jungen, sechs- und achtjährig, verschwanden, durchsuchte die örtliche Polizei auf anonyme Hinweise das Anwesen auf Spuren der Verschwundenen. Die Aufregung war groß, vor allem weil die Polizei ohne dringenden Verdacht sofort bereitwillig die Wohngemeinschaft oder einen ihrer Bewohner verdächtigt hatte. Natürlich stellten sich die Nachforschungen als ergebnislos heraus, Außerdem hatte man Hinweise auf ein Fahrzeug, dass den zahlreichen Autos der Mitbewohner nicht entsprach.

Nächster Anlaufpunkt der eifrigen Ermittler war dann übrigens Klein-New York, auch dort war der Verdacht allein genug, man habe es sowieso überwiegend mit Kriminellen zu tun. Als man auch dort keine Spuren fand, orientierte man sich an den Hinweisen auf das Fahrzeug, welches in der Nähe des Spielplatzes der beiden Kinder beobachtet worden war. Schnell war der Täter gefasst, ein junger Mann aus dem Nachbarort, bis dahin nicht polizeibekannt und braver Bürger, der regelmäßig zur Arbeit fuhr und noch zu Hause bei den Eltern wohnte. Und die Angst um das Leben der Jungen wurde zur grausamen Gewissheit, dass er sie getötet hatte.

Er gab dies zu ohne Hemmung, nannte auch seine perverse Sexualität als Grund, hätte nach dem Missbrauch der beiden den Jüngeren nicht beruhigen können und sie deshalb erwürgt. Und da der Bruder Zeuge geworden war, musste er ihn auch umbringen. Den Fundort der Leichen im nahegelegenen Wald gab er sofort preis, seine Tat aber könne er nicht begreifen. Keine Drogen, kein Alkohol, ein bürgerlich akzeptiertes Leben, einfach nur Lust.

Und dann die fast zynische Erklärung, dass das lautstarke Weinen und Jammern des einen bei ihm zur Kurzschlussreaktion geführt hätte. Wenn er still gewesen wäre, wäre ihm und dem Bruder auch nichts passiert, irgendwo selbst schuld, so die Aussage vor den verzweifelten Eltern der beiden Jungen.

Wir waren alle entsetzt, redeten und überlegten Gründe für eine solche Tat. Dass man uns zunächst verdächtigt hatte, war für uns eher Zeichen der Missgunst als wirkliche Vermutung auf Seiten der Polizei. Und wir beschlossen, eine Gruppe von uns mit auf die Beerdigung zu schicken. Wir redeten noch über die Kleidung zu diesem Anlass, waren uns aber schnell einig, dass angemessene Ausstattung angebracht war, was einen Teil unserer Gruppe als Trauergäste schon mal ausschloss.

Wir entschieden uns für eine gemischte Gruppe, Bruno, Andi und ich sollten gehen und zwei junge Mädchen aus der Gruppe. Die Schwester von Andi und ihre Freundin meldeten sich, um ebenfalls teilzunehmen. Dann kam der Tag der Beerdigung.

Nun sind Beerdigungen an sich schon traurig genug, weil ja immerhin ein Mensch, der kurz vorher noch gelebt hat, nicht mehr existiert. Die Beerdigung zweier Kinder aber, die einem Mord zum Opfer gefallen sind, ist da noch um einiges schwieriger. Und wenn dann angesichts des furchtbaren Vorfalls die Anwesenden noch in einem schlimmeren

Zustand sind, als es sonst schon der Fall ist, erschwert das die ganze Sache erheblich.

Am Eingang der Halle stand das Bild der beiden, lebensfrohe Augen in eine sonnige Zukunft, ausgelöscht und ohne Hoffnung auch für die Angehörigen. Bruno würgte das Weinen hinunter, seine Begleiter weinten hemmungslos.

Zuerst bemerkten die Sieben die Blicke nicht, die sich fremd auf sie richteten, dann wurde die Ablehnung deutlicher. Offensichtlich sah man es als Zumutung, dass wir aufgetaucht waren. Der Gang zum Grab wurde zunehmend zum Spießrutenlauf, glotzende, nasse Gesichter, heulende Fratzen der Wut, Hass in den Tränen.

Als sich der Vater der Jungen näherte, glaubte Bruno noch an eine versöhnende Geste, aber seine Worte trafen wie Pfeile, voll des tödlichen Giftes, saßen fest wie Messerstiche. Was wir hier wollten, gerade wir, die doch mit an allem Schuld wären. Seit wir da wären, wäre alles den Berg runter gegangen. Und auf Brunos Versuch, die Vorwürfe zurückzuweisen, zischte er nur, dass wir verschwinden sollten. Die Mädels waren schwer betroffen, weinten, als Bruno sie zum Gehen bewegte. Ein letzter Blick zurück in versteinerte Gesichter, gezeichnet vom Fremdenhass und Vorurteilen gegen etwas, was sie nicht fassen konnten, aber irgendeinen brauchten, mit dem sie zumindest eine Teilschuld identifizieren konnten.

Zuhause angekommen, versuchten wir das Erlebte zu verstehen, redeten darüber, waren tieftraurig. Wenn alle im Jugendzentrum die Wut der Eltern verstehen konnten, so konnte doch keiner nachvollziehen, wie sich der Vorwurf gegen uns begründete. Aber wir waren gewarnt, dass der Umgang mit uns im Dorf noch lange nicht hieß, dass wir akzeptiert waren.

Wir diskutierten damals Nächte lang über die erlebte Ablehnung, den Hass, die versteckten Vorwürfe, versuchten zu verstehen. Aber da, wo Bruno noch Erklärungen fand für das Verhalten der Spießbürger um uns herum, wollte ihm am Ende kaum noch jemand folgen. Zu tief saß der Schock über die Projektion eines Feindbildes auf Menschen, die unschuldiger an diesem schrecklichen Vorfall kaum sein konnten.

Und das Warum ließ uns zwar in der Vergangenheit Parallelen finden, konnte aber das Entsetzten über das tatsächlich Erlebte nicht so einfach auffangen. Wir fanden keine adäquate Erklärung für eine aufgeschlossene moderne Gesellschaft, wie sie sich selbst beschrieb. Hier zeigten sich eklatante menschliche Schwächen, wie Bruno es beschrieb, und brachiale Diskriminierung, wie es die anderen sahen.

Elfi stand damals übrigens auf Seiten der massiven Kritiker der Gesellschaft, ganz gegen die Meinung ihres Mannes. Ihre Forderung, dass man sich endlich auch mal zur Wehr setzen sollte gegen die Umtriebe im Dorf gegen das Jugendzentrum und seine Besucher, war sicherlich berechtigt. Die letztendliche Ausführung scheiterte aber an den befürchteten Repressalien durch die bürgerlichen Riegen, was wir manchmal als sehr schmerzlich empfanden.

So traf die Ablehnung der Jugendamtsgruppe auch die Besucher des Jugendzentrums. Werdi zum Beispiel gelang ein passabler mittlerer Schulabschluss auf dem Gymnasium, dann hatte er keine Lust mehr auf Schule und suchte eine Lehrstelle im Nachbarort.

Als bekannt wurde, dass er zur Gruppe des Jugendzentrums gehörte, wurde sein Aufgabengebiet, das bis dahin vornehmlich berufsorientierte Aspekte hatte, zunehmend durch berufsfremde Tätigkeiten bereichert wie Essen holen und Halle und Hof kehren.

Und Werdi warf hin trotz flehender Worte seiner Kollegen im Jugendzentrum. So entspräche die Ausbildung nicht dem Ausbildungsvertrag, und wenn er schon mal kehren müsste, so doch nicht jeden Abend, wenn alle anderen schon die Heimfahrt angetreten hätten. Werdi rezitierte neue Ideen, die er in vielen Büchern der modernen Pädagogik gelesen hatte, deren Umsetzung aber für die moderne Zeit kaum in Frage kam. Stattdessen, galt immer noch, dass Lehrjahre keine Herrenjahre wären. Dies wurde dann besonders unterstützt durch Gängelung und Mobbing, wenn jemand sich aufmüpfig zeigte und dem Chef des Auszubildenden widersprach.

Es gab zwar zahllose Freiheitsideen, aber keinen Raum dafür. Wer nicht nach altem Muster kuschte, der flog raus, auch wenn die Regierung SPD hieß. Es blieben große Sprüche, die Ankündigung einer neuen Zeit und der alte Hut, unter den alles passen sollte. Der Abstand zwischen formulierten Ideen und Wirklichkeit wurde immer größer, der Widerspruch tötete Lebensräume und Sozialisationen.

Was blieb, war Leere, wenn gute Gedanken an Betonwänden zerschellten und die kritischen Menschen wenn nötig auch mit Gewalt von ihren Ideen entfremdet wurden.

Was blieb, war Hilflosigkeit, wenn die Stimme, die die neue Zeit ankündigte, den nach ihrer Wahrheit Greifenden die Hilfe versagte und sie zu kriminalisieren versuchte.

Was blieb, war Zorn über den Widerspruch zwischen Propaganda für die neue Welt und die fehlende Bereitschaft, auch nur einen Jota dafür abzugeben von den eigenen Pfründen.

Was blieb, war tiefe Enttäuschung, wenn man die Alten beim Wort nahm und dann ihre Lügen und ihre Feigheit erkennen musste.

12. Eigene Zerstörung

Für die Infrage Stellung, ja gar Aushöhlung der neuen Ideen hatte sich übrigens nicht nur der sich als anständig bezeichnende Bürger formiert und in gesicherte Angriffsposition begeben. Denn die neue Generation sorgte selbst zuverlässig für die Zerstörung der Ideen aus ihrer eigenen Mitte.

Während die ersten Interessenten aus Neugier, dann recht schnell aus Überzeugung kamen oder sich auch aus Verzweiflung angesichts ihrer Lage an die Bewohner der Wohngemeinschaft wendeten, tauchten zunehmend Verfolgte und Diskriminierte auf, die offensichtlich nur eine Plattform suchten, um ihren Lebensstil durchzuziehen, der zu Hause auf Widerstand stieß. Dabei brachten sie zwar ihre Kritik an der bestehenden Gesellschaft und die damit verbundenen Ideen der Veränderung mit, aber sie signalisierten von Anfang an, dass sie nicht bereit waren, über Notwendigstes hinaus mehr zu leisten für die Gemeinschaft, die diese Interessen vertrat. Und sie brachten dadurch etwas Lähmendes mit, was sich in der Gruppe wie ein Nebel über die Aktivitäten senkte und sich nicht mehr auflöste.

Da die jungen Menschen in der Regel über kein Geld verfügten, aber auch nicht arbeiteten und manchmal auch gar nicht arbeiten wollten, blieben die finanziellen Absicherungen in der Hand der Wohngemeinschaftsmitglieder. Elfi steuerte eine Menge bei, musste aber auch entsprechend hart arbeiten. Bruno betrieb eine Firma, die aber zu wenig abwarf, und Karl zahlte einen Großteil des Abtrags für das erworbene Gehöft.

Und daneben lebte ein Teil der Jugendlichen, die man aufgenommen hatte, in den Tag hinein, aß vom vorhandenen Brot, badete im geheizten Wasser und gab sich allerlei Drogenversuchen hin.

Dann kamen die Jugendamtskinder dazu, arme Seelen, für die das Amt dringend Unterbringung und Betreuung suchte und bei Bruno und Elfi fand, denn Bruno arbeitete am Amt und hatte ein Haus mit genügend Platz für die schwierigen Fälle und Elfi war ausgebildet im psychiatrischen Bereich.

Sozial teilweise unfähige, manchmal nur triebgesteuerte „Fressmonster" tauchten auf, deren Anwesenheit nicht selten zur fast erstickenden Belastung für alle führte. Immer nur für einen begrenzten Zeitraum, aber nach wenigen Tagen schon viel zu lang. Die Gemeinschaft gab all ihre Kraft, die armseligen Menschen wenigstens für die kurze Zeit ihres Aufenthaltes zu integrieren, aber es gelang eigentlich nie.

Und mit dem vom Amt eröffneten Absturz des Niveaus reihten sich auch zunehmend asoziale Subjekte ein in die Gruppe der Bedrängten und um Asyl Bittenden, die oft schreckliche Geschichten erzählen konnten, um sich ihren Aufenthalt zu erschleichen. Und nicht selten stellten wir dann fest, dass diese Menschen nur gekommen waren, weil sie die Vorurteile der Gesellschaft, man könne bei den „Chaoten" jede Frau haben, da sie eh alle miteinander kopulieren würden, umsetzen wollten. Unschöne Szenen und eklige Übergriffsversuche führten dann zum Verweis solcher Personen, aber dies änderte nichts daran, dass sie die Missachtung und den Hass der Gesellschaft auf die Gruppe nur greifbar machten.

Durch die zunehmenden finanziellen Belastungen reduzierte sich die Versorgung der Wohngemeinschaft für die verschiedenen Bewohner zeitweise auf Haferflocken, Zucker und Kaffee.

Für die neue Erdenbewohnerin von Bruno und Elfi gab es auch mal Fleisch, aber dies musste man erst mal kaufen, bevor man es in einem guten Moment ohne gierige Blicke füttern konnte.

Die Erwerbung einer solchen Lende führte übrigens zu einem schieren Spießrutenlauf für Bruno. Denn der Versuch, nur einen Teil der ausgelegten Fleischstücke zu bekommen, endete in zeitraubenden Diskussionen, an deren Ende die Frage stand, ob man sich dies überhaupt leisten könne. Letztendlich mündete das Ganze in der Befragung des Marktleiters, ob man die Lende überhaupt teilen und nur einen Teil verkaufen dürfe, natürlich alles lautstark genug, damit die Umstehenden auch jedes Detail mitbekamen. Eine wahrhaft peinliche Situation, aber von den übrigen Käufern in der Metzgerei eine genussvoll aufgenommene Demütigung.

Man hatte dem Dorffremdkörper mal wieder gezeigt, dass er für ein normal bürgerliches Leben unfähig sei, aber man hatte letztlich nachgegeben. Ein Pyrrhussieg, der Federn kostete und die Vorurteile nur stärkte.

Und dann entstand eine neue Taktik, dass die Gegenkräfte ihre Agenten schickten. Einer der Schläger aus dem inzwischen gegründeten Jugendzentrum der Jungen Union, die sonst nirgends im gesamten Kreis ein Jugendzentrum betrieb und ausgewiesener Gegner dieser Einrichtung war, tauchte auf.

Selbstverständlich waren die JuZ-Leute erstaunt und vorsichtig, aber einer der Grundsätze war, jeden zu bedienen und jedem zuzuhören. Er redete viel Wirres, war wohl auch nicht einer der Schlausten, aber er redete auch über seinen Bruder, und das machte Angst. Nicht dass er hätte einschätzen können, was mit ihm war, aber seine Beschreibungen zeigten doch ein höchst problematisches Verhalten.

Er verschwand nach wenigen Abenden, schlug Werdi krankenhausreif, musste auch dafür bezahlen, aber sein Bruder verschwand aus der Beobachtung der Gruppe.

Sein Bruder, der spätere Kindesmörder, unterschied sich nach der Tat in der Bewertung durch die öffentliche Meinung der Älteren nur wenig von den „Gesellschaftszerstörern" der Jugendzentrumsleute. Der Grad der kriminellen Potenz lag für die Dorfbewohner recht eng zusammen, da die Neuen erst den gesellschaftlichen Wertevorlust mitgebracht hätten, der dann im Extremfall auch zu solchen Verbrechen führen konnte. Und die folgende Generation übernahm oft kritiklos diese Sichtweise.

Wer fragte, outete sich als linker Komsomolze der Sowjetunion und bekam den dringenden Rat, doch „rüber zu gehen". Und wer kritisierte, hatte keine Ahnung, gefährdete das Gemeinwohl und gehörte zum Ungeziefer der linken Kommunenbewohner. Strauß erfreute sich eines totalen Rundumerfolgs seiner Polemik und die Arbeiterzeitung unterstützte mit Texten, falls sie in der Lage war, überhaupt mal zusammenhängend zu schreiben, völlig kritik- und schamlos seine Diskriminierungspolitik. Charismatische Politiker scheiterten an verhältnismäßig kleinen Hürden, mehr Demokratie führte zum Aufschrei der Rechten, man untergrabe die freiheitlich demokratische Grundordnung, und neue Ideen wie Abtreibungslegalisierung und Zulassung von Homosexualität standen im Clinch mit kirchlichen Protesten, die Aids als Gottes Fluch für Schwule propagierten.

Und der Versuch, die Geschichte der Bundesrepublik historisch zu erklären, scheiterte regelmäßig und mit an Sicherheit grenzender Wahrscheinlichkeit einen Tag vor Kriegsende. Denn über die Vergangenheit, das Jahr 1945,den glorreichen Wiederaufbau, die Erreichung einer Teilsouveränität gegenüber den Besatzungsmächten und den alle zu Tränen bewegenden Song von Ernst Neger „Heile, heile Gänschen" durfte man reden. Manchmal sogar diskutieren, ohne gleich des demokratischen Feldes verwiesen zu werden.

Aber über die Zeit davor war kaum ein Gespräch möglich. Es gab nur wenige Inhalte über das Dritte Reich, wenn sie denn überhaupt im schulischen Lehrplan vorgesehen waren, ansonsten galt es als absolutes Tabuthema.

Und nicht selten führten Gespräche darüber zu massiven Aggressionen und körperlichen Anfeindungen der älteren

Generation, die einfach nicht in der Lage war, Stellung zu dieser Zeit zu nehmen.

Brunos Versuch, Unterrichtseinheiten zu diesem Thema durchzuführen, wurde ebenso wie der Themenbereich der RAF vom Land Hessen per Anordnung blockiert. Dabei wären diese Einheiten wichtig gewesen. Die jungen aufgeschlossenen Leute fragten nach der Zeit vor 1945.

Ihre Eltern, die meist nicht mal Kinder dieser Zeit gewesen waren, gaben nur Auskunft im Sinne derer, die als Alte die Zeit erlebt hatten. Und die sagten zu aller erst nicht die Wahrheit, beschönigten, verharmlosten, waren nie dabei, immer dagegen und hatten an der Front heroische Taten abgeleistet. Dabei wurde sogar die Front des 2.Weltkriegs verklärt als etwas Kameradschaftliches, was man sonst im Leben nie erfahren könnte.

Krieg als positives Erlebnis, ein totaler Widerspruch zur Realität. Bewaffnet mit diesen Falschinformationen wurde es schwierig, den jungen Menschen diese Phase der deutschen Geschichte objektiv näher zu bringen. Sie wussten alle irgendetwas, aber keiner wusste Bescheid. Und obwohl im zeitlich nahegelegenen Umfeld Sigfried Lenz seinen Roman „Deutschstunde" herausgebracht hatte, wurde die offizielle Auseinandersetzung mit dem Dritten Reich als Unterrichtseinheit in einem Jugendzentrum untersagt.

Die Schule habe das sowohl im Geschichts- als auch im Deutschunterricht nicht im Unterrichtsgepäck, also müsse es auch nicht Inhalt der Weiterbildung für das Jugendzentrum sein.

Noch viel krasser wurde aber der Antrag abgeschmettert, über die RAF zu informieren. Und obwohl genügend Material zu dieser Zeit zur Verfügung stand, lehnte man den Unterricht kategorisch ab, man verbot ihn sogar. Der sogenannte heiße Herbst war voraus gegangen und gerade deshalb interessierten sich junge Menschen für die Motive einer solchen Bewegung. Und nur eine Beschäftigung damit konnte den richtigen Weg weisen.

Obwohl Bruno alle Unterlagen für diesen Unterricht eingereicht hatte, überwiegend Vorlagen aus der Zentrale für poliotische Bildung des Landes Hessen, wurde die Einheit abgelehnt. Es sei zum jetzigen Zeitpunkt zu prekär, über die RAF und ihre Motive zu diskutieren. Also immer noch die Taktik des Schweigens, anstatt der Konfrontation und Stellungnahme. Wir diskutierten trotzdem weiter. Und Bruno gab uns genug Hintergrundwissen dafür.

Auf einer ganz anderen Ebene versuchte Karl die Jugendlichen des JUZ zur regelmäßigen Arbeit zu führen.

Der Versuch von Karl, gestrandete und gefallene Jugendliche doch wieder zur Arbeit zu bringen, gipfelte in einer Baufirma, die sich für Renovierungen anbot und immerhin fast regelmäßig um Arbeit kümmerte. Letztendlich scheiterte auch dieses Projekt zum einen an der fehlenden Kompetenz der Teilnehmer und zum anderen an der aufkommenden Gier nach dem zu erwirtschaftenden Geld und dessen egoistischen Besitzes. Oft reichte der Obolus, den man dann großzügig aus den erwirtschafteten Einnahmen abtrat für die gemeinsame Kasse nicht mal für die wöchentlichen Lebensmittel und die vielen Sonderwünsche, die auf einmal auftauchten.

12. Eigene Zerstörung

Die Idee war vielversprechend, führte die Nichtarbeitenden an regelmäßige Tätigkeit heran und machte ihnen das Einkommen schmackhaft. Aber zunehmend ergriff die Gier nach Geld Besitz von ihnen, und obwohl es nicht viel war, was sie verdienten, so begannen sie doch von Anfang an zu horten, um ihre eigenen Bedürfnisse zu befriedigen. Dass aber der Unterhalt der Gemeinschaft auch nicht wenig Geld erforderte, wurde erfolgreich verdrängt im Ansatz des funktionierenden Kapitalismus.

13.Abrechnungsversuch

Und irgendwie hatten wir alle ein Problem, jeder für sich, jeder mehr oder weniger. Das Hauptproblem war, glaube ich, für alle das Establishment, wie wir damals unseren Anti-amerikanismus nannten. Vietnamkatastrophen, jede Woche in der Zeitung anhand der Totenliste zu lesen, auch nach Beendigung der flächendeckenden Ausradierung von Leben immer noch ein Alptraum für die Beobachter. Und der Kalte Krieg mit all seinen Drohungen und Ängsten. Damals ging die Welt öfter unter und wir nahmen es mit Diskussion und Betäubung.

Was blieb auch anderes? Wir sahen angesichts der politischen Richtung und ihrer schon damals vorhandenen Kontrollfunktionen und der Aussichtslosigkeit, etwas zu ändern, keine Möglichkeit der Einflussnahme. Ständig drohte irgendeine Gefahr, die besondere Schutzmaßnahmen bedingte und jede Kritik am System erstickte.

Unser Beitrag vom alternativen Zusammenleben wurde auch noch von all denen torpediert, die wahrscheinlich später auf die Hilfe ihrer Kinder nicht angewiesen waren und das auch schon wussten. Die anders denkende Brut trieb man aus dem Haus, ohne die Kontrolle abgeben zu wollen. Und wenn wirklich mal jemand um Hilfe rief, dann verstand man ihn nicht, hörte ihn nicht oder schrieb ihm einfach sein Recht auf Probleme ab.

Man hatte ja Geld, um ein gutes Leben zu sichern, aber dann auch zu den eigenen Bedingungen. Und wenn man glauben möchte, dass dies lediglich in den historisch verwundeten Generationen Maxime war, so irrt man gewaltig. Auch die jungen Eltern propagierten Wohlstand gepaart mit Gehorsam und Unterwürfigkeit. Und wenn alles nicht funktionierte, fand man im bürgerlichen Lager mit Sicherheit auch einen Schuldigen.

Genauso lebten wir, ließen hinter uns, was uns ständig einschränkte, öffneten Fenster für neue Lebensansichten und irrten alleine in der geöffneten Welt umher, weil uns niemand den Weg zeigte. Aber wir fanden auch gemeinsam Lösungen, probierten sie aus und – verirrten uns nicht selten im Gestrüpp der bürgerlichen Begrenzungen und persönlichen Verhaltensvorgaben. Wir standen uns nicht selten selbst im Wege.

Dass letztendlich keiner beim Aufräumen half, dass das Chaos uns auffraß und keine Schnitte der Rettung zuließ, dass alle möglichen Anker im Treibsand versanken, lag nicht an uns. Wir, die die Wenigen, die uns hätten helfen können, hinter sich gelassen hatten oder die unsere liebevollen Eltern, die nur unser Bestes im Sinn hatten, gekapert hatten, wir waren verdammt allein und – oft hilflos.

Wir wollten nicht so sein wie unsere Vorfahren, wir wollten uns unterscheiden, wir wollten keinen Faschismus und kein Drittes Reich, wir wollten uns der Verantwortung stellen, die die folgende Generation tragen musste, aber wir wollten dies nicht tun ohne die, die das Ganze verantworten mussten.

Und wir wollten Informationen über das, was unsere Eltern erlebt hatten, erst begeistert, dann erschrocken, am Ende vielleicht entsetzt, wir wollten Wissende werden, um Verantwortung tragen zu können. Aber man ließ uns allein, log uns an, schwärmte gar vom Vergangenen, verschwieg die Wahrheit permanent.

Die Welt stand ein wenig Kopf und wir mit ihr, aber man verstand uns nicht, man akzeptierte uns nicht, man ließ uns keine Luft zum Atmen. All das, was später Maxime der Erziehung wurde, Förderung der Kleinen, Streicheln ihrer Eigenarten bis hin zur Akzeptanz ihrer Idiotien, all das kam erst später als große Erkenntnis des Laissez-faire. Bei uns schlugen eigene Erkenntnisse um in Ablehnung und Hass durch die Gesellschaft.

Haben wir damals die Bürgerlichen wirklich so in Frage gestellt, dass sie uns fast kriegerisch verfolgen mussten und ausmerzen wollten. Ich kann mich noch gut an ganz Alte erinnern, die wir lange nicht in unserem Blickfeld hatten, die aber plötzlich an Wert gewannen, weil sie gegen ihre überheblichen Kinder einer eigentlichen „Nichtwissergeneration" Partei für uns ergriffen, uns verstanden, uns halfen, uns als einzige Vertrauen gaben.

Aber sie waren die „Täter" des Dritten Reiches, unsere Eltern nicht. Doch die fühlten sich unangetastet und des Wissens um den Sinn des Lebens voll, ohne irgendwann argumentiert zu haben, warum dies so sein sollte. Und wir forderten, wie es das Recht jeder Jugend ist, Antworten zu bekommen, die das Leben und seine Grenzen und Freiheiten betreffen.

Letztendlich haben alle geweint um ihre verlorenen Kinder, letztendlich leben auch wir mit den Verzweifelten, die wir vor ihrem Selbsttot nicht zurückhalten konnten, aber zumindest verschweigen wir unsere Verantwortung nicht. Wir haben

Freiheiten gedacht, ohne sie mit Grenzen bedenken zu können.

Wir haben darüber geredet, ohne zu ahnen, was wir damit initiieren. Wir haben Schwerpunkte gesetzt, die letztendlich nicht anders befriedigt werden konnten, als es auch unseren Eltern widerfahren ist. Aber wir haben gänzlich auf ihre Hilfe verzichten müssen. Die Katastrophe war vorprogrammiert.

Und so liefen auch unsere Feiern. Sie waren halb Katastrophe und halb Suche nach Alternativen, wobei bürgerliche Grenzen keine Rolle mehr spielen durften. Eine Badewanne voll Rotwein aus dem Weinkeller des vertrauensvollen Vaters, der für den Urlaub den Schlüssel seinen Söhnen überlässt, die zur mehrwöchigen Orgie blasen, bis der Weinkeller leer ist – natürlich haben wir darin gebadet. Das Urinieren in den Hauskamin, irgendwann im Rausch und die Flucht der Kinder nach der Rückkehr der Eltern. Die Drogenfeten mit Vollrausch in enger Gemeinsamkeit und ratzekahler „Restfressung" aller vorhandenen Vorräte. Wir waren wie Heuschrecken, nur kulturlos.

Aber immer begannen die eigenen Kinder, ihre Eltern bloßzustellen, und wir hielten mit bis zum absoluten Exzess.

Wir waren sicherlich selbst schuld am Unverständnis unseres Umfeldes, auf das wir ständig stießen, wir fragten eben und hakten nach, wir diskutierten und bezogen Position und wir akzeptierten keine Ausflüchte und die ständige Erklärung, dass wir keine Ahnung hätten von dem, was wir hier vorbrachten.

Dabei meinten die Befragten nur, dass sie selbst, als sie gehandelt hatten, keine Ahnung hatten, was sie damit anrichteten, weil sie sich nie Gedanken dazu gemacht hatten.

Es war schlimm genug, dass sie für sich hatten denken und handeln lassen, dies sollte uns nie passieren.

Wir beschworen dies und taten alles, um die Voraussetzungen dazu zu schaffen, dass unsere Entscheidungen frei blieben. Aber man traute es uns nicht zu oder war einfach persönlich angegriffen, weil man ja in irgendeiner Form das eigene Versagen erklären musste.

Dass wir uns blindlings auf die Versprechen derer eingelassen hatten, die dann an uns verdienten, war durchaus unsere Schuld. Seit Ende der Sechziger gewannen z.B. die Diskotheken an Popularität, Orte des Schreckens und der Sünde für viele Erwachsene und Umschlagplatz für Drogen und Freiräume für jegliche Gewalt.

Aber es waren Erwachsene, die diese Einrichtungen aus dem Boden stampften und betrieben. Und es waren oft genug Erwachsene, die dort einen für sie recht einfachen Markt für Drogenkonsumenten und „Frischfleisch" sahen und dies gnadenlos ausnutzten.

Aber wen sollten wir fragen nach unserer Lebensgestaltung, wer gab uns wirklich ehrliche Auskunft? Und wenn wir fragten, riskierten wir Schreianfälle und Vorwurfskisten anstatt Erklärungen. Rechtfertigungstribunale waren dabei keine Seltenheit.

Und nicht selten erlebten wir in diesen durch die Alten von Wut und Aggression getragenen Auseinandersetzungen, dass man uns keine Chance für unsere Vorstellungen ließ, sondern zunehmend mit psychischer und auch körperlicher Bedrohung und Gewalt reagierte.

„Und wenn du mich dann mal ins Grab gebracht hast, wirst du vielleicht endlich begreifen, was du mit deinem Verhalten angerichtet hast." So und ähnlich klangen die Drohungen und wehe denen, deren Elternteil dann tatsächlich früh starb. Das latente Gefühl, zumindest Mitschuld daran zu haben, steckte fest über Jahrzehnte.

14. Protest und Demonstration

Aber unsere Kritik an der Gesellschaft und vor allem an deren Vertreter, die sich zu Wahrheitsbrunnen selbst ernannt hatten, blieb nicht in Debattierkreisen stecken. Wir überlegten im Jugendzentrum auch die Teilnahme an dem einen oder anderen öffentlichen Protest.

An einen politischen Stand im Ort, außer er sei von den Parteien oder der Landliga der ansässigen Bauersfrauen gewesen, war nicht zu denken. Neben der Ignoranz aus weiter Entfernung, sodass auf keinen Fall ein Gespräch zustande kommen konnte, und der klaren Ablehnung der Inhalte wie auch der Gruppe durch deutliche Mimik und Gestik, mussten wir ja damit rechnen, dass wir angegriffen würden.

Dabei wäre es sicherlich primär um den Stand und seinen Aufbau gegangen, aber auch körperliche Aggression war nicht unerwartbar. Also bezogen wir uns in unseren Protesten auf öffentliche Demos in der nächst größeren Stadt.

Lange diskutierten wir über einen geplanten Einsatz unserer Gruppe gegen eine deutliche Fahrpreiserhöhung im Nahverkehr, die so hoch ausfallen sollte, dass für Rentner und Menschen mit weniger Einkommen echte Belastungen entstanden.

Bruno konnte einige Erzählungen aus seiner Studienzeit über die Aktivitätsmotivation einiger Vertreter der Linken beisteuern. Manchmal konnte die Mannschaft gar nicht glauben, was er da erzählte. Dass man mal keine Zeit habe, sich an der einen Aktion zu beteiligen, war dabei noch entschuldbar. Dass sich aber überzeugt diskutierende Mitglieder des Kommunistischen Bundes Westdeutschland (KBW) etwa regelmäßig Entschuldigungen einfallen ließen, die teilweise haarsträubend waren, um nicht teilnehmen zu müssen, war schon auffallend und nervig.

Und wenn dann gar diese Leute von anderen Rechtfertigungen verlangten, weil sie nicht bereit seien, für ihre Ideen und die der Arbeiter auf die Straße zu gehen, wurde es kritisch.

Bruno erzählte von Diskussionsmarathons, auf denen die, die regelmäßig arbeiteten, angeprangert wurden, weil sie ihre Dienste nicht verlegen konnten, um an einer Demonstration teilzunehmen, gleichzeitig ihre eigenen Familienfeiern aber so dringend machten, dass jeder verstehen musste, dass sie auf keinen Fall diese Feierlichkeit absagen konnten.

Andy schüttelte hierzu nur den Kopf. „Entweder man setzt sich ein für etwas, dann hat man in der Regel auch Zeit. Oder man lügt, macht den anderen nur etwas vor."

Und Andy hatte recht damit und wusste gar nicht, wie treffend er die verlogene Gesellschaft der Bildungskritiker beschrieb. Denn ihre Argumentationen waren geschliffen und kaum zu widerlegen, egal, ob sie für eine Bewegung sprachen oder sich für ihr Fehlen entschuldigten. In jedem Fall waren es ihre Gegenüber, die falsch lagen oder die Situation völlig falsch einschätzten.

Die geplanten Proteste gegen die Fahrpreiserhöhung wurden auf jeden Fall fast ohne Gegenstimmen beschlossen und die Gruppe plante, den Samstagmorgen gemeinsam loszufahren, um pünktlich um elf Uhr den angesagten Demonstrationszug zu unterstützen.

Wir planten einen Parkplatz, weit genug entfernt von der Innenstadt, um mit öffentlichen Verkehrsmitteln zum Zielort zu kommen, was zunächst auch gelang, da in solch größerer Entfernung die Fahrzeuge nicht kontrolliert wurden, man also zeitlich ohne größere Verzögerung ankam.

Dann aber begann der Horror, erst ganz langsam, zunächst nur angedeutet.

Neben sehr vielen Menschen der Altersgruppe zwischen vierzig und siebzig tauchten natürlich auch die Radikalen auf, militante Gruppen, die schon auf dem Weg zum Platz der Eröffnungskundgebung deutlich machten, dass sie gewaltbereit waren. Es waren sehr wenige, gut zu erkennen, auch abgesondert von den anderen, teilweise mit Schals um den Mund oder Helmen auf dem Kopf. Daneben deutlich erkennbar Männer in Kleidung, die sie sofort als Polizei in Zivil erkennen ließ.

Eine Begrenzung der damals noch recht kleinen Szene der Autonomen war also deutlich sichtbar.

Aber die aufgebauten Gruppen uniformierter und mit großen Schilden und Schlagstöcken bewaffneter Polizeieinheiten richteten sich offensichtlich nicht gegen dieser Randalierer, sondern gegen die friedlich herumlaufenden, vielleicht auch zusammen sitzenden und quatschenden Demonstranten, die teilweise nicht mal wussten, was sie jetzt eigentlich machen sollten. Gehen oder Stehen? Rufen oder Singen?

Und es waren sehr viele ältere Menschen unter den Demonstranten, mit denen man auch ins Gespräch kommen konnte. Eine relativ friedliche Prozession auf der Hauptstraße der Stadt, die sich da langsam in Bewegung setzte. Hinzu kamen Passanten und Leute, die einkauften, die sich mitziehen ließen und den Protestwurm begleiteten.

Damals aber war die Hauptstraße dieser Stadt noch Straße für den Autoverkehr, der nun nicht mehr fließen konnte. Und offensichtlich war dies Grund genug, nun die von der Stadt angeforderten Hundertschaften sich formieren zu lassen. In überschaubaren Gruppen zu je etwa Zwanzig begannen sie die Straße abzusperren und die Seitenstraßen zu besetzen.

Und dann begann auf Befehl die Hetzjagd gegen die noch in der Seitenstraße verbliebenen Menschen, die sich verzweifelt in die Geschäfts- und Hauseingänge zu flüchten versuchten, aber inzwischen auf verschlossene Türen trafen. Und der Befehl war offensichtlich eindeutig, keine Gnade walten zu lassen.

Mit teilweise brachialer Gewalt gingen die bewaffneten Gruppen vor, schlugen auf Menschen ein, die weder aggressiv noch gewalttätig waren, nahmen fest mit hartem Griff und führten ab.

Und so wurde jede einzelne Straße gereinigt, während vorn im Hauptpulk die Schreier des KBW unangetastet neben den Autonomen ihren Weg gingen.

Bruno versuchte während einer dieser Aktionen beruhigend auf die Gruppe einzuwirken, die vor der nächsten Säuberung stand. Und er stellte mit Entsetzen fest, dass die eingesetzten Polizisten kaum älter als zwanzig Jahre waren, aus den verschiedenen Polizeischulen stammten und hier ihren im Übrigen völlig unvorbereiteten ersten Einsatz hatten. Und er wurde Zeuge der Begegnung einer der jungen Ordnungshüter mit seiner wohl Großmutter, die an der Demonstration teilnahm und sich resolut gegen einen seiner Kameraden wehrte. Als er hin zu eilte, um sie zu schützen, hatte sein Kamerad schon zum Schlag angesetzt und die Großmutter sank blutend auf das Pflaster des Gehsteigs. Immerhin nahm ihn der Gruppenführer angesichts dieses Vorfalls aus der Formation und schickte ihn nach hinten in die Ruhezone.

Gegen Ende der Demonstration rannte Bruno nur noch, um die Teilnehmer seiner Gruppe aus der Gefahrenzone herauszubringen. Manchmal gab es tatsächlich auch noch Türen, die geöffnet wurden, um Flüchtende einzulassen. Und als der erste Wasserwerfer eintraf, war für Bruno und seine Gruppe das Zeichen gesetzt, sich in jeder erdenklichen Form abzusetzen und den vorher vereinbarten Treffpunkt, weit außerhalb der kritischen Zone, aufzusuchen.

Werdi fehlte, eigentlich zu erwarten. Denn er reagierte meist etwas langsamer als die anderen und brachte sich dadurch oft in die Rolle desjenigen, den man herzhaft belachen konnte. Dass aber auch Andy fehlte, beunruhigte uns sehr. Denn Andy galt als einer der vernünftigsten und zuverlässigsten unter uns und hätte sich und andere nie leichtfertig in Gefahr gebracht. Es musste demnach etwas passiert sein.

Andy hatte, wie er später berichtete, zwar früh genug bemerkt, dass sich eine Gruppe von etwa zwanzig Polizisten formierte, um eine Nebenstraße freizumachen. Wahrscheinlich, so erzählte er später, habe er im ersten Moment nicht an einen Angriff geglaubt, weil sich in dieser Straße meist ältere Menschen befanden, die ruhig zusammen standen und sich unterhielten. Also kein Grund, diese Gruppe aufzumischen.

Irgendwann aber spürte er den drohenden Angriff, vielleicht, um mit den jungen Polizisten zu üben, bevor man sie an die Hauptfront schickte.

In aller Eile packte er Werdi, der neben ihm stand und wollte die Flucht ergreifen, aber Werdi blieb stehen und sah mit großen Augen auf die nach einem kurzen Befehl auf die Menschen zustürmende, bewaffnete Gruppe der Staatsmacht.

Dann habe Andy eine angelehnte Glastür entdeckt, die offensichtlich für die Flüchtenden kurz geöffnet worden war, und er stürzte auf diese zu. Hinter ihm fiel die Türe ins Schloss, so dass er recht gut sehen konnte, was draußen geschah.

Und es verschlug ihm nicht nur den Atem, es erzeugte bares Entsetzen, was er jetzt beobachten musste.

Die, wie er aus der Nähe jetzt sehr gut sehen konnte, sehr jungen Polizisten der Gruppe schlugen mit ihren Stöcken um sich, als ob sie auf Leben und Tod angegriffen würden. Und jeder Schlag, der traf, erzeugte Blut, Schreien, Weinen, Hinstürzen. Dabei traf es jeden, dem man habhaft wurde, auch Alte, auch Friedliche, auch auf die Knie Fallende. Alle wurden niedergemacht.

Die Jüngeren unter der Menschenmenge wurden sofort aussortiert und an die Wand geprügelt, dann von einer zweiten Reihe, die folgte, mit Handschellen versehen und auf die Knie gezwungen. Teilweise stark blutend aus Kopf- und Gesichtswunden lagen die armen Geprügelten auf der Straße und nur langsam, fast widerwillig wurden sie dann von Sanitätern grob verarztet.

Dann öffnete die Gruppe am Ende der Straße die Blockade, die sie gegen die Fliehenden errichtet hatte, und ließ die Wenigen durch, denen die Abreibung wohl gereicht habe, so der Feldwebel der Angriffsgruppe, und der Rest wurde aus dem Demonstrationsumfeld zu verschiedenen Polizeiwagen getrieben.

Andy zitterten die Knie und gleichzeitig erfasste ihn ein Weinkrampf aus Mitleid und Wut. Warum dieses Vorgehen und diese Brutalität, so sein Bericht.

Das Wiedersehen der anderen war nicht nur ernüchternd, es war schrecklich. Zwei von uns bluteten aus Kopfwunden und einer hatte ein geschwollenes Auge. Als Andy zu uns stieß und von seinem Erlebnis mit Werdi berichtete, brachen viele in Tränen aus, zeigten Verzweiflung und Angst, aber auch Wut. Und man sah überall in entsetzte Gesichter, die Demokratie erwartet und bare Gewalt erlebt hatten.

Den Grund der Gegenmaßnahmen konnte jeder am nächsten Tag in der Zeitung lesen. Die Demonstration war zwar genehmigt worden, die damit verbundene zeitweise Blockierung der Hauptverkehrsstraße aber nicht. Die Autofahrer mussten dieses Stück Verbindungsstraße umfahren, was sie immerhin etwa sieben Minuten kostete.

Die Staatsmacht hätte zwei Beamte einsetzen können, die die Umleitung hätten regeln können. Stattdessen war sie aufgefahren mit massiver Gewalt, denn der Verkehrsfluss war zeitweise unterbrochen worden. Und damit hatte die Staatsmacht ihr Eingriffsrecht argumentiert.

Werdi kam tatsächlich noch an diesem Abend ins Jugendzentrum, zwar sehr spät, aber die meisten hatten gewartet, um Neues über sein Schicksal zu erfahren.

Tatsächlich hatte die Polizei ihn nach Hause gefahren, weil er noch keine 18 Jahre alt war. Zum Glück hatte er seinen Ausweis dabei gehabt, sonst hätten sie ihn wohl behalten, wie er schon wieder fröhlich unter der riesigen Kopfbinde und dem verbundenen Auge mitteilen konnte. Er sei zwar erkennungsdienstlich behandelt worden, Fotos und Fingerabdrücke, aber als sie festgestellt hätten, dass er noch Jugendlicher war, wären sie gleich etwas freundlicher geworden. Außerdem hatten sie ihm ohne Einschränkung geglaubt, dass er aufgrund seiner dörflichen Herkunft und seines jugendlichen Alters noch nie etwas von kommunistischen Gruppierungen gehört hätte.

Letztendlich habe man ihm sogar angeboten, ihn nach Hause zu bringen, was er gerne annahm und als besonderen Hit des Tages zum Besten gab.

Aber er konnte niemanden so recht zum Lachen bringen. Denn an diesem Abend spürten alle die Wut im Bauch, die sie über den Verlauf ihres Gebrauchs eines Grundrechtes erfahren hatten. Und keiner war nun mehr vorbehaltlos bereit, die entstandene Gewalt der autonomen Seite wirklich radikal zu verurteilen.

„Denn wer die Grundrechte mit Füßen tritt, der muss verdammt noch mal auch damit rechnen, dass irgendjemand mal zurück tritt", schimpfte Andy und er sprach Allen dabei aus der Seele.

Die Eindrücke bewegten noch lange die Gespräche in der Gruppe. Die körperlichen Blessuren waren längst verheilt, aber die Wunden der Enttäuschung, was den Staat betraf, blieben. Und nicht selten machte sich einer wortreich stark für das Verstehen der RAF-Bewegung, die das Land begleitete und auf den heißen Herbst zusteuerte, obwohl eine Rechtfertigung dieser Bewegung nie formuliert wurde.

Wo waren die zugesagten Rechte, wo der Schutz, dies auch wahrnehmen zu dürfen, wo stand der Staat, wenn Franz Josef Strauß über die Komsomolzen der Sowjetunion hergezogen war und damit jeden gemeint hatte, der Kritik wagte? Und wo war der Schutz des einzelnen vor diesem Staat, dem die Befahrbarkeit einer Straße offensichtlich mehr wert war als der Protest einiger zehntausend Bürger?

Bruno, der sehr wohl die aufkommende Frustration über den Staat und die Demokratie, die er zu verteidigen vorgab, spürte und glaubte, dass es dringend an der Zeit war, Aufklärung über radikale Tendenzen zu beginnen. Die Ablehnung solcher Bestrebungen war ein fataler Irrtum.

Denn die, die sich der RAF nicht verbunden fühlten, weil sie kriminelles Vorgehen ablehnten, obwohl die Wut in ihrem Bauch sie schier zerriss, wendeten sich den Möglichkeiten des Vergessens zu. Sie nahmen nicht selten Drogen aller Art und das viel zu viel, um sich das Entziehen vor der Verantwortung für ihren Staat zu erleichtern. Denn dieser hatte ihnen gezeigt, dass sie keinerlei Chance hatten, ihre Meinungen anzubringen, wenn sie dem Establishment nicht entsprachen.

15. Feten

Immerhin, eines konnten wir, feiern ohne Grenzen, ohne Skrupel und nicht selten auch ohne den Restanstand, den man hätte aufbringen müssen. Aber irgendwo bestraften wir damit die Spießer, die sich bei Blasmusik und deutscher Folklore die Birne zu soffen und dann torkelnd und ihrer Worte nicht mehr mächtig nicht entschuldbare Fehltritte begangen. Oder zumindest konfrontierten wir sie mit anderen Möglichkeiten von Freude und Ausgelassenheit. Aber dies war nicht immer in Ordnung, was wir selbst durchaus so empfanden.

Unsere Geschichten kreisten um volltrunkene Abende, in denen Ehefrauen mit bis zur Hüfte aufgeschobenen Röcken auf Schultern durch die Zimmer getragen wurden, die Hände der Väter gierig an ihren Strumpfrändern, und dies alles ohne erotische Gedanken, wie man zu betonen nicht müde wurde.

Oder der natürlich spaßig gemeinte Tränengasschuss im Wohnzimmer und die diversen Verletzungen durch Stürze. Dazu immer wieder die neue Fernsehunterhaltung, zunehmend anspruchsloser, das aufgekommene Wissensforum für den unkritischen Bürger.

Wir begannen brav, tranken kaum, kifften sehr selten, lachten, küssten manchmal vielleicht, aber verhalten, und schlugen nicht über die Stränge. Wir brachten unsere Mädchen nach Hause, lieferten sie vor 11 Uhr ab wie vorgegeben, küssten noch einmal flüchtig vor der Haustüre, die schon halb geöffnet der Mutter den Blick freigab auf zuchtiges Verhalten.

15. Feten

Wir wollten wieder kommen, wieder abholen, feiern dürfen. Aber unsere Eltern hassten unsere „Ausschweifungen", die sie uns ungerechterweise vorwarfen. Sie warteten auf die Heimkehr, um uns für Dinge anzuprangern, die wir vielleicht gerne gemacht hätten, uns aber nicht getraut hatten.

Wir waren anständig, ehrlich, treu, verliebt und wir hatten viel zu wenig Kohle. Aber in den Augen unserer Eltern waren wir potentielle Täter für alles, was sie sich wahrscheinlich vorstellten oder gewünscht hatten, als sie jung waren. Und sie verurteilten uns als „Sexisten und Missbraucher". Sie schickten ihre Freunde in Polizeiuniform, ließen Drohsignale gegen die Eltern der Partner los, wünschten uns die Tracht Prügel an den Hals, die noch nie jemandem geschadet hätte, die sie aber selbst nicht mehr praktizieren konnten, weil sie fürchteten, dass wir uns irgendwann wehren würden.

Dabei hatten wir viel zu viel Respekt, hätten trotz körperlicher Chancen nie die Hand gegen unsere Eltern erhoben, duldeten ihre Hasstiraden und wussten oft nicht mal, welchen Grund sie hatten, uns so massiv anzugreifen.

Die einzige Lösung war damals Trennung, Trennung vom häuslichen Umfeld bei gleichzeitigem Verlust der Familie einschließlich aufgehetzter Verwandtschaft und Freundeskreisen. Und diese Trennung konnte fatal aussehen, wenn Eltern ihre Kinder ins Heim steckten oder in die Psychiatrie einweisen ließen. Denn damals gab es noch kein Recht auf Prüfung der Einweisung durch elterlich formulierten Notstand in der Erziehung.

15. Feten

Auch Bruno erzählte oft von seiner Verweisung aus der Familie mit 16 Jahren. Seine Unterbringung war zu seinem Glück ein Internat, kein Heim, vielleicht auch empfohlen von den damaligen Mitarbeitern des Jugendamtes, die, nachdem sie beide Seiten angehört hatten, für den Jungen entschieden. Seine Eltern hatten das Geld dazu, seine Mutter sprach wohl für ihn, sein Vater wurde gebremst, aber letztendlich ließ er nie einen Zweifel zu, dass er Bruno verantwortlich machte für sein verpfuschtes Leben, wie er sagte.

Und damals bedeutete verpfuschtes Leben auch Kinder, die zu früh kamen, oder Kinder, die nicht kommen durften, gerade weil man damals sowohl vor dem Gesetz als auch vor der Kirche zum Todsünder wurde, wenn man den Kindersegen verhütete.

So verkörperte Bruno das Grauen der reaktionären Erziehung der fünfziger und sechziger Jahre und prangerte damit die autoritär geführte Erziehung der siebziger Jahre an, die sich trotz des Aspektes der modern denkenden Eltern des so idyllischen Dorfes, getrennt durch einen großen Graben des Hasses zwischen politisch ausgerichteten Bewohnern, als Lüge outete.

Sicherlich gab es damals auch andere Ansätze, Eltern, die wenigstens versuchten, sich Kinder als kommende Erwachsene vorzustellen, oder mit Erziehung Beauftragte, die ihre Klientel wenigstens als Menschen begriffen. Und diese Wenigen unterstützten auch ihre Kinder und deren Wünsche. Aber sie waren viel zu wenig.

Denn die verwirrt neue Zeit begriff einfach nicht, was geschah, was erwartet wurde, was irgendwann sein sollte. Gewalt paarte sich mit Laissez-faire, der Schein blieb weiterhin Garant des Ansehens im Dorf, die neuen Ideen waren formulierbar, aber nur verhalten und nicht recht überzeugt.

Die Vorgabe, was die Leute denken sollten, war aktuell wie in dunklen Zeiten der Vergangenheit, niemand durfte an der arischen Grundlage zweifeln. Regelübertretungen wie Zweifel an der Religion, andere politische Ausrichtung oder Schwangerschaft ohne Ehe führten weiterhin zum Ausschluss aus der funktionierenden Gesellschaft und zur Stigmatisierung, man sei Kommunist. Dabei wusste die Mehrheit der Landbevölkerung gar nicht, was dieses Wort beinhaltete.

Aber Kritik war verboten und sie war nicht nur verbal wahrzunehmen, sondern zeigte sich auch in der Kleidung, der Musik und der Frisur der „verderbten" Jugend. Und oft wusste man nicht einmal, warum man die Jugend hasste.

Die Jungen lebten damit, wehrten sich, provozierten irgendwann, sprengten Familientreffen, reisten vorzeitig ab. Und zurück blieb die Verdrängung. Keiner fühlte sich verantwortlich für fortgeschrittene und alkoholisierte Angriffe mit Stühlen oder anderen Kampfinstrumenten. Über diese Feste legte man einen Teppich des Schweigens.

Die Menschen der neuen Zeit wollten eigentlich nur alles anders machen, besser natürlich auch, wobei hier schon die Anleitung der Alten fehlte. Was besser war, mussten die Jugend selbst definieren, von der bestehenden Gesellschaft kam außer vernichtender Kritik nichts, was sie hätte anleiten können. Die Eltern versagten oft so exzessiv auf der ganzen Linie, dass man meinen konnte, man habe es mit einer Gruppe Marionetten zu tun, die fleißig erfüllten, was man erwartete, aber in jeglicher Spannungssituation versagten.

Irgendwann feierten auch wir. Und da wir uns in den Häusern unserer „Verweigerer und Unterdrücker" befanden, die wir auf Urlaubsreise wussten, kannten wir manchmal keine Grenzen mehr. Wir lehrten ganze Weinkeller, um im Rotwein, ausgekippt in die Wanne, zu baden, wir kotzten und pissten in den Kamin, wir traten Türen ein und sprengten Kloschüsseln in die Luft. Am Ende standen Flucht und Verstecken und manchmal auch wilde Prügel, die aber mit einem versteckten Lächeln hingenommen wurden.

Und obwohl die freie Sexualität propagiert wurde von denen, die gar nicht wussten, was dies bedeutete, blieben die Orgien aus, Paare bildeten sich, liebten sich, blieben beieinander.

Aber auch dies war dem konservativen Bürgerbrei noch zu viel, man sah nur, was man sehen und glauben wollte. Und diese langhaarige und ungewaschene Brut, die „Negermusik" hörte und zerstörerische Bücher, Hesse z.B., las, die sich nichts sagen lassen wollte, obwohl man doch so viel Erfahrung gemacht hatte, die einem die Angst und das Schweigen im Dritten Reich vorwarf, wollte nichts als alle Werte zerstören, für die man lebte: Bewahrung einer brauen Erinnerungskultur, Unterdrückung anders Fühlender und Denkender, Ausmerzung der politisch Verwirrten und Beibehaltung der Rolle der Frau als Untergebene des Mannes.

Irgendwann begannen wir, diese sture Ignoranz zu hassen und ihre Vertreter nicht mehr ernst zu nehmen. Aber die Einsicht in unsere eigene Unfähigkeit ging dabei verloren und wir verfielen den gleichen Mechanismen der Lebenslügen, wie unsere Eltern es erlebt hatten oder immer noch erlebten. Unsere Antworten waren allzu oft Drogen, und wenn sie aus dem Ruder liefen, der unausweichliche Niedergang bis hin zum Tod.

An der Hinrichtung unserer Ideen, ja unserer Klientel, trugen wir deshalb tatsächlich ein ordentliches Maß an Schuld bei.

16. Die Bauwagenbewohner

Leider bedeutete dies aber auch, dass die neue Generation, obwohl überzeugt von den neuen Ideen und Weltansichten, doch charakterlich viel zu labil den Verführungen derer ausgeliefert war, die ihre Schwächen erkannten und gewissenlos auszunutzen wussten.

Irgendwann tauchte ein nicht nur von der Kleidung her verrückter Vogel auf, der sich im Sägewerk als Arbeiter angestellter Bewohner eines Bauwagens entpuppte und relativ schnell Einzug in die Wohngemeinschaft hatte. Sein Domizil war bestückt mit einem Holzofen, der die erste Zeit seiner Ankunft mitten im Winter wohlig erwärmte, wobei im Sägewerk genug Abfallholz zur Verfügung stand. Auch bot der Bauwagen, da er vorher schon hin und wieder mal als Unterbringung genutzt worden war, eine anständige Isolierung, was ihn noch wohliger machte.

War er nicht damals die Verkörperung der Totalverweigerung der Spießerbürgerlichkeit? Offiziell lebte er außerhalb der Gesellschaft, der man zu entfliehen hoffte. Und die oft fehlende Unterstützung durch die Eltern konnte er leicht auffangen, denn er war älter, durchaus belesen und psychologisch nicht unerfahren.

Peter kam von einer Reise durch Mexiko zurück, seine Freundin weilte noch dort, aber sie versorgte ihn immer wieder mit Briefchen, gefüllt mit bestem Shit, so dass Peter sehr schnell zur Pilgerstätte vieler Jugendlicher wurde.

Wenn er denn eingeladen wurde, nutzte er gerne die Möglichkeiten eines Bades oder einer warmen Mahlzeit, ansonsten bedankte er sich gerne mit einem Pfeifchen. Er kannte Tolkien, hier vor allem den kleinen Hobbit, schwärmte von Castaneda, träumte von Che und hörte psychedelische Musik, denn auch für Strom war in seinem Bauwagen gesorgt.

Und so gewann diese Örtlichkeit eine enorme Anziehungskraft, die sich vor allem beim weiblichen Teil der Jugendlichen auswirkte. Man besuchte Peter gern, hörte ihm und seinen Geschichten verträumt zu, genoss die wohlige Atmosphäre und verlor fast nebenbei auch das eine oder andere Kleidungsstück, bis man Peter nach gemeinsamem Jointgenuss der Einladung zum Sex nachgab.

Und es gab kaum ein junges Mädchen, dass diese Möglichkeit nicht in irgendeiner Form hatte erleben wollen, wobei Peter eine fast magische Ausstrahlung zu besitzen schien. Manche schlich sich in der anbrechenden Dunkelheit nach Hause, um nicht ins Gerede zu kommen und nötigenfalls abstreiten zu können, dass man sich Peter hingegeben hatte. Manche gab auch offen zu, dass das Erlebnis mit Peter eine gewisse Einzigartigkeit besaß, er aber doch recht egoistisch seinen Spaß genoss, wenn er erst mal zum Zug kam.

Und auch ungewollte Schwangerschaft blieb nicht aus, die zu dieser Zeit nur durch einen Trip nach Holland neutralisiert werden konnte, wobei Peter allerdings an der begleitenden Teilnahme verhindert war. Bereitwillig füllte er gerne ohne Schutz die Frauen, die Konsequenz allerdings verweigerte er.

Aber es gab ja die Pille und wer sich schützen wollte als Frau, konnte sie ja nehmen, ansonsten gingen die meisten Männer sowieso davon aus, dass sie sauber und rein waren, sich selbst also nicht mit einem Schutz ausstatten mussten.

Peters Platz im Bett neben ihm blieb nie lange leer. Und auch wenn alle wussten, dass er eine Freundin hatte, die ihm zwar zurzeit aus Mexiko noch geheimnisvolle Briefe mit traumhaftem Inhalt schickte, so wussten doch alle, dass sie bald kommen würde.

Trotzdem schwärmten sie um ihn herum, schlichen sich im Abenddunkel an seinen Wagen, klopften zaghaft, ob er auch alleine sei. Der vom Holzofen gewärmte Wagen, der schwere Duft des Haschisch und seine Erzählungen von Castaneda und Tolkien ließen die Herzen der Frauen aller Altersgruppen geradezu schmelzen und brachten ihm ausgefüllte Liebesstunden.

Dabei war seine Taktik immer dieselbe. Zunächst betörende Gerüche, vielleicht ein Zug am Joint, dazu meditative Klänge. Dann erste Berührungen, erst Massage des Rückens, dann angrenzender Partien, bis sich seine Hände mit den Brüsten der Damen beschäftigte. Es gab an dieser Stelle normalerweise keine größeren Widerstände mehr. Und ob man dann wirklich gewollt hatte oder eher nicht, spielte an dieser Stelle keine Rolle mehr. Man gab sich hin oder ließ es geschehen und so verlängerte sich die Liste seiner Eroberungen von Woche zu Woche.

Erstaunlich war nur, dass keine der jungen Liebhaberinnen ausführlich über ihr Erlebnis sprach und es eher als ein

Geheimnis hütete, was man auf keinen Fall lüften durfte. Dazu ein kaum bemerkbares sündhaftes Lächeln hinter hervor gehaltener Hand, wenn man ihm begegnete, sodass auch nicht klar wurde, dass er mit vielen Frauen ein Verhältnis hatte. Jede nahm ihn und ihr Erlebnis für sich als einmalig in Anspruch und glaubte daran, dass sie die Auserwählte des fast zum Guru mutierten Kiffers aus Mexiko war.

Aber auch dies war ein typisches Zeichen dieser Zeit, in der freie Liebe nichts anderes als eine Spruch war, dem man gar nicht folgen wollte und konnte, weil man anders erzogen auf die Partnerschaft mit dem Einzelnen programmiert war.

Nur wenige lebten aus, was in den Medien propagiert und in manch einer Zeitung als Vorwurf an die Jugend formuliert wurde, die meisten verließen ihr traditionelles Beziehungsbild nicht. Lediglich die Kontrolle der Sexualpartner fiel schwerer, da Frauen dank der Pille keine Angst vor Schwangerschaft hatten und jederzeit Kontakt haben konnten. Außerdem tat der Kontakt mit Alkohol und Drogen sein Übriges, man erinnerte sich schwerer oder hatte ganz vergessen und man hatte immer eine Ausrede, wenn es mal eng geworden wäre.

Und auch die Bereitschaft, bis zum Finale mitzumachen, war typisch, da man dadurch freies Denken und Fühlen zu zeigen glaubte, auch wenn einem dann ein schlechtes Gewissen nächtelang den Schlaf raubte. Man glaubte mitmachen zu müssen, weil man zur neuen Generation gehören wollte. Und man glaubte am Ende sogar mitmachen zu wollen, weil die inneren Widerstände nur

Reste der konservativen Lebenseinstellung waren, die die Eltern in einem manifestiert hatten und die man auf jeden Fall überwinden wollte.

Dass zahlreiche Beziehungen im Umfeld gerade unter den Menschen auseinander brachen, die aufgrund ihres Alters und der jungen Familie eigentlich die Hoffnungsträger einer funktionierenden Gesellschaft waren, wurde sehr leichtfertig aus den Augen verloren. Auch die jungen Menschen erkannten nicht, was sie gar nicht sehen wollten.

Und die neue Gesellschaft brauchte die alten Zöpfe nicht. Die moderne Frau hat eine große Zahl an Liebhabern zu haben, bevor sie sich entschied.

Nicht selten wurden die Frauen dabei auch noch von den engen Freunden ihrer festen Partner animiert, sich doch endlich zu emanzipieren und die Fixierung auf den einen Auserwählten aufzugeben. Dieses konservativ altmodische Verhalten sei geradezu lächerlich, enge die Persönlichkeit ein und ersticke die eigene Entwicklung, so die selbster-nannten Aufklärer. Man müsse deshalb dringend die Erfahrung eines sexuellen Neupartners machen, wenn auch nur für eine Nacht, um sich zu finden.

Man sei natürlich bereit, diesen Dienst mitzutragen, schließlich sei man befreundet und vielleicht fiele dann der „Vorgang" etwas leichter. Und wenn solche intensiven Hinweise auf noch ausstehende wichtige Persönlichkeitsent-wicklungen auf tragisch vorbereiteten Boden fielen, blühten sie oft auf wie Unkraut. Und nicht selten brachte erst die sogenannte Erfüllung durch die erlebte Nacht mit dem so bereitwilligen Freund die Erkenntnis, dass man total auf dem

Holzweg und total gegen die eigenen Interessen und Gefühle vorgegangen war, aber dann war es zu spät. Man bekam dies immer wieder durch das doppeldeutige Grinsen des Freundes zu spüren, wenn man ihm bei irgendeiner Gelegenheit über den Weg lief, vor allem dann, wenn der eigene Partner in der Nähe war.

Und oft genug war der Sex dieser Nacht auch noch eher ein Alptraum als irgendeine positive Erinnerung. Aber man gehörte zur modernen Welt mit den neuen Gedanken und Gefühlen.

Auch ein Abend mit Elfi und Bruno stand, soweit Andy dies bemerkte, unter dem Zeichen des unwiderstehlichen Gurus aus dem Nichts. Was er so Tolles habe, was ihn zu dem Anziehungspunkt machte, der er offensichtlich für die Frauenwelt war, blieb Andy verborgen, wie er sagte. Dabei, so Andy, erwecke er, Peter, eher den Eindruck fehlender Pflege.

Man hatte sich getroffen, um einen Joint zu probieren aus dem neu eingetroffenen Material von Peters Frau, und Elfi hatte den Joint fachmännisch gedreht. Die Musik von Pink Floyd und der schwere Duft von Moschus gaben dem Raum eine geheimnisvolle Atmosphäre, tauchten die Anwesenden in Nebel und boten so scheinbare Anonymität.

Peter rückte immer näher an Elfi, bis er seine Hände über ihren Rücken streifen konnte, und begann sie zu streicheln, was ihr sichtlich nicht unangenehm war. Dabei störten ihn weder die Anwesenden noch Bruno, der selbst in der Nähe von Elfi saß und zunächst das Ganze nicht registrierte. Erst als Peter zudringlich wurde, seine Hände näherten sich über den Rücken fahrend bedrohlich dem Ansatz von Elfis Busen und Andy bekundete eindeutigen Unmut in seinen Blicken mit Bruno, wurde er aufmerksam und signalisierte sein Missfallen.

Peter bremste zwar die ausufernde Massage, zeigte sich aber wenig erschreckt, sondern tat, als ob alles eher zufällig sei. Immerhin unterließ er eindeutige Versuche und wandte sich wenig später einer anderen Frau zu. Die Zeit setzte voraus, dass man solch unverbindliche Anmachen nicht abwehrte, es passiere ja nichts, dass man sie bagatellisierte, sie zuließ. Ein trauriges Zeichen der damaligen Unverbindlichkeit dem eigenen Tun gegenüber.

Übrigens war Andy in diesem Bereich fast schon nervig konservativ. Er kritisierte damals nicht nur die Frauen, die aufgrund ihrer eingeimpften doppelten Moral dem Scharlatan, wie er zu sagen pflegte, verfielen, sondern auch die Männer, die sich die Zeit und ihre angeblichen Fortschritte zunutze machten, um zu wenig nachdenkende Frauen zahlreich ins Bett zu zerren.

Fast wie ein ehernes Gewissen in unausgegorenen modernen Zeiten stellte er das Verhalten seiner Mitmenschen in Frage mit einer erstaunlichen Vernunft, die ihm letztendlich auch Recht gab. Aber das Erkennen kam für viele zu spät und das Verschweigen wird im Licht des nächsten Laternenpfahls schon besiegt. Jeder wusste sehr schnell alles, aber niemand stand auf.

Neben der Angst, in irgendeiner Form Täter für den versuchten Mord an einer verlogenen Gesellschaft zu sein, hatte man auch die Unsicherheit, das Richtige zu tun.

Zumindest gab es keine Institution und keine Autorität, die wirklich hätte unterstützend helfen können. Und die, die sich diese Aufgaben auf ihr Schild geschrieben hatten, hielten sich „vornehm" zurück oder tendierten, zumindest auf den Dörfern, zur Systemerhaltung.

So hatte sich auch in diesem Bereich, in dem sich für Frauen endlich die Möglichkeit eröffnet hatte, eine zuverlässige Form der Geburtenkontrolle durchzuführen, das ganze gegen sie gewendet.

Der Mann erwartete den Befruchtungsschutz bei gleichzeitiger Garantie der Aufnahme seines Samens, egal, ob dies mit Krankheitserregern verbunden war oder nicht, ein „Russisch Roulette" für viele Frauen, die anstatt Erleichterung weiteren Druck spürten, denn Gummi war total out. Immerhin lässt sich die Wiege von Aids und der Verbreitung dieser Krankheit in dieser Zeit festmachen.

17. Rolle des Dritten Reiches

Und wir waren gedankenlos, was das betraf, Kinder, die die Gefahr nicht wahr haben wollten, deren Auswirkungen der eine oder andere unserer Eltern auf den Leim gegangen war. Und in diesem Teil unseres Lebens unterschieden wir uns kaum von unseren politisch naiven Eltern, die das Dritte Reich völlig fehleingeschätzt hatten.

Übrigens war dies eine der größten Fehleinschätzungen, der wir unterlagen, das Wissen und Lernen aus der Zeit des Dritten Reiches.

Allein das Falschwissen, was die meisten von zu Hause mitbrachten, ergab im günstigsten Fall ein sehr verwaschenes Geschichtsbild einer verheerenden Zeit. Viele aber waren geimpft mit Falschaussagen, die in dieser Zeit überwiegend Positives zu sehen gelehrt hatten und Opfer klarer Feindbilder geworden waren.

So reichten zum Beispiel drei bis vier Nazigrößen, um die Schuldigen der Katastrophe des Dritten Reichs zu erklären. Der unbekannte Rest, das Volk der Deutschen und ihrer Politiker, wäre diesen Psychopaten ausgeliefert gewesen und hätte also gar nichts dagegen unternehmen können. Zu der Zeit der Entstehung des Jugendzentrums waren die Unterrichtsinhalte auch so fokussiert, dass die Schüler und Schülerinnen zwar über Griechenland und den Untergang Roms informiert wurden, ihr schulisches Wissen aber zu Beginn der Weimarer Republik endete.

Vielleicht trugen die Kultusministerien damals der Tatsache Rechnung, dass eine nicht unerhebliche Zahl der in die Bundesrepublik übernommenen Lehrer treue Staatsbeamte des nationalistischen Regimes gewesen waren, man sie eben nicht mit einer selbst nicht aufgearbeiteten Vergangenheit auch noch schulisch belasten wollte.

Aber die zumindest einigermaßen objektive Auseinandersetzung mit dem Nationalsozialismus fehlte. Und auch das schon 1967 oder man muss sagen erst 1967 veröffentlichte literarische Werk „Die Deutschstunde" von Siegfried Lenz zog erst viel später in die Unterrichtseinheiten der Oberstufe ein.

Viele Texte zum Dritten Reich waren natürlich zunächst von englisch oder russisch sprechenden Wissenschaftlern verfasst worden und wurden erst später ins Deutsche übersetzt. Und es gab kaum Literatur in Deutschland, die Erinnerung anmahnte.

Eugen Kogon und Erich Maria Remarque zum Beispiel, der eine als ehemaliger KZ-Häftling, der andere als von den Nazis Gebrandmarkter mit der Kritik am ersten Weltkrieg, beide hatten keine Lobby unter der Lehrerschaft. Andere Veröffentlichungen wie Besymenski zum Beispiel wurden als von den Russen beeinflusste und damit geschichtliche Fälschungen abgelehnt.

Der Rest, englische Untersuchungen etwa, stammten von den Siegermächten, denen man sich zwar als Befreier nicht selten fast promiskuitiv angeboten hatte, die aber als Berichterstatter der historischen Zeit des Untergangs nicht akzeptiert oder gar einfach ignoriert wurden.

Bruno etwa erzählte, dass er bis zu seinem Studium aus der Schule nichts gehört hatte über das Dritte Reich und erst dort sein Interesse über diesen historischen Abschnitt Deutschlands geweckt worden wäre.

Genauso wie damals unsere Großeltern verführt worden waren, wurden wir auch verführt, erkannten autoritäre Personen an, wenn sie laut genug waren, und fürchteten uns vor erfundenen Feinden. Und wenn es Gebote und Verbote gab, waren wir gehorsam und kuschten. Man musste sie dann nicht einmal näher erklären, sondern einfach bestimmt genug propagieren, dann gewannen sie oft genug ganz automatisch an Wahrheit, auch wenn sie abstrus schienen.

Vernunft und Argumentation war zwar modern, hatte aber keine nachhaltige Wirkung, vor allem, wenn es persönliche Bedürfnisse betraf. Die Welt war weiterhin auf Befehl und Gehorsam ausgerichtet und man versuchte tunlichst, uns und unsere Fragen zu torpedieren, wenn wir diesen Mechanismus in Frage stellen wollten.

Und die Politische wie auch gesellschaftliche Entwicklung zeigt, dass es teilweise auch heute noch so ist.

17. Rolle des Dritten Reiches

18. Horrortrips

Peter versorgte über seine Frau, die sich noch in Mexiko aufhielt, die Gemeinde mit guter Ware, teilte gern, gab bereitwillig ab gegen Tausch, wobei auch mal Sex getauscht wurde, aber da hatten ja beide was davon, wie Peter immer behauptete, und lebte vor sich hin, bis er im Rausch drei Finger an der Kreissäge verlor. Von da an fehlte ihm das Magische, er landete neben uns, bat um Unterstützung, hoffte auf die Rückkehr seiner Frau.

Irgendwann kam sie dann. Peters Frau brachte viel neuen Stoff mit aus Mexiko und sorgte für den Abbruch der nächtlichen Besuche durch fremde Damen. Als beide den Wagen aufkündigten und den Ort verließen, tauchten die Erlebnisse hier und da in Erzählungen auf wie Schlagschatten, ließen sich verbinden, gaben schließlich ein gesamtes Bild.

Erschreckt zogen sich die jungen Frauen oft zurück, dementierten, anstatt im neuen Sinne die Emanzipation ihrer Körper und ihrer Gefühle zu feiern. Aber irgendwie blieb der schale Geschmack, auf die neue Zeitströmung einfach nur hereingefallen zu sein. Und eine, die viele Männer gehabt hatte, wollte sowieso niemand mehr als feste Freundin.

Letztendlich verblasste die Erinnerung mit der Zeit und Peter tauchte nicht wieder auf, als ob er nie dagewesen wäre. Zurück blieb der Drogenkonsum, so lieblich und befreiend erlebt, so enttäuscht wieder und wieder probiert, leider zu selten mal mit negativer Erfahrung und irgendwann regelmäßig geworden.

Und manch einer, obwohl die Ursache sicherlich nicht ein Problem oder eine Person allein sein konnten, versuchte seinen Frust mit neuen Versuchen zu toppen, manche davon leider nicht mehr so harmlos, wie es vorher mal gewesen war. Wir hatten die Unschuld verloren.

Berfa hatte damals viel Shit im Gepäck, hatte es geschmuggelt, kam mit bestem Stoff aus Mexiko und wir genossen es. Dann packte sie an Silvester ein besonderes Teil aus und wir rauchten in gemütlicher Runde bei einem der Jugendzentrumsbesucher zu Hause.

Seine Eltern waren für ein paar Tage zu Verwandten und das Haus blieb den beiden Jungs überlassen. Wir fielen ein wie die Heuschrecken, erbrachen das Schloss für den Weinkeller und begannen mit der systematischen Leerung.

Aber irgendwann gegen Elf in der Nacht fühlten sich die meisten noch stark genug, neben dem Alkohol, der in Mengen genossen worden war, und dem Shit reinster Güte, der den Abend eingeleitet hatte, eine Schippe drauf zu legen. Lauthals wurde nach einer neuen „Kifferrunde" gerufen und bald war die Suche nach Stoff erfolgreich.

Allerdings ließ sich die Herkunft der recht dunklen Platte Shit nicht mehr genau nachvollziehen. Laut fachmännischer Beurteilung hätte es aber gute Ware sein müssen, da er so dunkel war.

Berfa bereitete vor und bald wurde die Runde mit intensiven Zügen aus der Ka-Wumm eröffnet. Nur Elfi weigerte sich, stellte fest, dass ihr der Geruch nicht gefiel, irgendetwas nicht so ganz stimmte.

Bald wandten sich die ersten auf dem Boden, sahen Gestalten und hörten Stimmen, aber nicht angenehm und bewusstseinsöffnend wie sonst, sondern laut, schreiend und bedrohlich nahe.

Bruno erlebte seinen ersten Horrortrip, wie er später erzählte. Pure Angst erfasste ihn. Er konnte Nähe nicht mehr ertragen, Nähe, die sich nur über seine Augen abspielte und, wenn jemand auch nur in die Nähe seines Körpers kam, dies sich wie Messerstiche tief ins Fleisch anfühlte. Es war furchtbar und kaum auszuhalten. Schon um halb Zwölf lag er jammernd im dunklen Zimmer, keine Decke, kein Kissen, nicht der Fetzen eines Stoffes durfte ihn berühren, und versuchte dem Horror zu entfliehen.

Elfi brachte ihn nach Hause, durfte ihn nicht anfassen, zeigte ihm nur den Weg. Ziemlich desorientiert gelang es ihm schließlich unter Elfis Hilfe, sich im Schlafzimmer hinzuknien, weit ab von Bett und Schrank, da alles, was sich in der Nähe befand, irres Unwohlsein und Schmerzen bereitete. Schließlich gelang ihm nach Stunden des Kniens und Jammerns der Schlaf im Schwur, nie mehr Shit zu konsumieren, den er nicht kannte, und nur noch selbst angebautes Gras zu rauchen, ein Verzicht, tatsächlich für sehr viele Jahre.

Die Erinnerung an diesen Abend hätte alle Beteiligten warnen müssen. Die vielgerühmte und als so ungefährlich beschriebene Droge Haschisch hatte ihr wahres Gesicht gezeigt, wenn sie mit Mitteln oder gar Giften versetzt und gestreckt worden war. Die immer wieder genannte Bewusstseinserweiterung hatte zumindest an diesem Abend nicht stattgefunden, im Gegenteil.

Und wenn wir alle ehrlich gewesen wären, hätten wir dies auch längst nicht mehr propagieren dürfen. Denn wir hatten nach nächtelangen Gesprächen, deren Inhalt uns am nächsten Tag einfach nicht mehr einfallen wollte, einmal beschlossen, unser Diskussionen aufzunehmen.

Was sich da als Ergebnisse herausstellte, waren diffuse Gesprächsführungen und teilweise zusammenhanglose Inhalte. Man hätte es leider auch kurz beschreiben können mit teilweise gelalltem Dünnpfiff, aber dies war ja durchaus sogar fernsehreif, wenn man an die Künstlergruppe um Andy Warhol dachte, die ihre Kiffererlebnisse sogar in Lifeschaltungen in den Sechzigern über die amerikanischen Programme flimmern ließ. Heute durchaus eine „sehenswerte" Darbietung, um nicht nur die Fortschritte der Protestbewegung, sondern auch ihren Irrsinn zu erkennen.

Andere Drogenexzesse gingen nicht immer so glimpflich aus. Da der Konsum von Haschisch nicht nur zu beruhigend langwierigen Diskussionen führte, die sich im sicheren Zimmer abspielten, sondern auch Gefühle des absoluten Fit seins und der gewährleisteten Kontrolle über zum Beispiel den Betrieb eines Autos einstellten, war die Gefahr der Selbstüberschätzung in diesem Bereich groß.

Übrigens sind diese Empfindungen dem des Alkohols durchaus ähnlich.

Und so blieb es nicht aus, dass nächtliche Fahrten unter enormem Drogeneinfluss durchgeführt wurden, die manchmal glimpflich im Graben endeten. Manchmal aber blieben schwere Verletzungen und die Unfälle mit absolut überhöhter Geschwindigkeit brachten Monate des Leides und der Schmerzen für die Betroffenen.

Die Polizei übrigens zeigte sich zu dieser Zeit sehr unwissend und fotografierte Marihuanapflanzen als Tatort eines beginnenden Einbruchs. Erst später erkannten die Besitzer jenes Plantagenteils die verfänglichen Bilder der Polizei, ohne dass diese je eingegriffen hätte.

18. Horrortrips

19. Epilog

Peter zog weg mit seiner Frau, ließ Hoffnungen hinter sich, die er mit angeregt, doch nie erzeugt hatte, um sie auch zu befriedigen. Immer wieder entstand eine Leere, wenn Ikonen das Schiff verließen, auch wenn sie nur zeitweise und gar nicht unbedingt zu recht diese Position ausgefüllt hatten. Letztendlich gingen auch Bruno und Elfi, verkauften ihr Haus, hinterließen einen verwaisten Raum, der einmal so viele Hoffnungen und Träume vereint und aufbewahrt hatte.

Und das Dorf jubelte. Letztendlich hatten die Dörfler ihre Ruhe wieder, die Unruhestifter waren weg, die Jugend kehrte zurück oder war tot oder versuchte sich noch umzubringen. Letztendlich trugen wir alle Schuld an dem, was wir initiiert hatten, ohne die damit verbundenen Hoffnungen jemals erfüllen zu können.

Auf den Trümmern der Ideen von Übermorgen bauten die Überlebenden Häuser der Erinnerung und der Tränen, aber sie verkleideten sie bürgerlich und wurden anständige Menschen. Was blieb, war Erinnerung an etwas, was nicht nur anders dachte, sondern auch anders funktionierte.

Es wäre also doch gegangen, aber ist der Mensch allein nicht viel zu schwach?

Denn wer bitte hatte die Möglichkeiten einer neuen Unterhaltungsindustrie eröffnet? Nicht die junge Generation, nicht die, die angeblich das Establishment in Frage stellten, nein die, die es angeblich bewahren und sichern wollten, die Menschen im Alter der Eltern.

Und wenn man wollte, bekam man alles, was man sich zu wünschen glaubte, Alkohol und Drogen, no problem. Auf den Dörfern wurden die jungen Menschen sowieso spätestens mit 14 mit dem Alkohol versöhnt, auch mit Hochprozentigem. Und in den Diskotheken ein wenig Shit oder Canabis zu bekommen, war überhaupt kein Problem. Vaterfiguren, die tatsächlich auch das Alter der Väter hatten, verkauften ihre Ware oder boten auch mal großzügig eine Probe an.

Dabei ging es nicht unbedingt um harte Drogen, nicht um kriminelle Vorgehen, nicht um verbrecherische Absichten. Aber eine junge Frau, die aufgrund ihres spendierten Alkoholkonsums leichte Realitätsirritationen hatte, wurde schon mal abgeschleppt und in die Liebe eingeführt, auch wenn die Männer in Gruppe auftraten.

Es war also kein Problem, von den Menschen, die die Väter hätten sein können, zu bekommen, was die Zeit vorgaugelte, und es war leider auch üblich, dass diese Menschen auch mal ihre Chance nutzten, ein bisschen im Frischfleisch zu baden, wenn die Mädels denn gar zu unvorsichtig gewesen waren.

Aber genau diese Generation war es auch, die uns das Leben vorwarfen, dass wir naiv den Vorgaben glaubend lebten, die sie selbst gegeben hatten. Sie war es, die uns die Zerstörung aller traditionellen Werte ankreidete und sich massiv gegen die Jugend stellte.

Und dann kam noch der Versuch der Lüge, was alles Vergangene betraf. Dass man nie etwas mit dem

Fehltritte regelmäßig beichtete, war das andere, fast ein Ablasshandel.

Und wenn man mal wirklich Kritik übte, musste man mit dem Vater als schlimmsten Feind rechnen, weil er in der Öffentlichkeit als funktionierende Autorität sein emsig gehegtes Bild des vielleicht National-Modernen nicht verlieren wollte. Eine nicht selten fatale Situation.

Das permanente Gefühl des Wissens, wie es sein müsste, kontra dem Gefühl, man habe vielleicht doch nicht recht, entzog den jungen Menschen nicht selten das Fundament ihrer Persönlichkeitsentwicklung. Und viel zu oft wurden sie Patienten der aufkommenden Psychotherapie. Eigentlich hatte die damalige Elterngeneration auf der ganzen Linie gründlich versagt.

Deutlich konnte man das natürlich niemandem machen, denn die Elterngeneration fühlte sich schließlich als Phönix aus der Asche, als Zauberer eines Wirtschaftswunderaufschwungs aus totaler Zerstörung, als begnadete, von Gott gewollte Heilsbringer einer neuen Zeit.

Und sie fühlte sich zumindest ein bisschen auch als 68er, die eine Revolution erlebt hatten, die das Establishment fast aus den Fugen gebracht hatte. Ob nun in Gedanken dabei oder dagegen, sie hatten zumindest vom größten Friedensfest aller Zeiten, von Woodstock gehört und die Musik bereitwillig aufgenommen.

Aber sie hatten auch die Gegenbewegung und ihre Gefahren gesehen wie die Ermordung von J.F.Kennedy, Martin Luther King oder Bob Kennedy. Hatten diese Ereignisse sie so schwach und ängstlich gemacht? Oder hatte die ständige Propaganda bestimmter Zeitungsblätter tatsächlich ihre Sicht so einlullen können?

Wo war die Kraft von 1968 geblieben, hatte die Gegenrevolution etwa gesiegt? Oder hatte man die Protestbewegung erst kriminalisiert und bekämpft, dann ihre Spitzen in die Gremien der Politik aufgenommen, so als ob man sie anhören würde, um dann ihren Preis zu eruieren und sie zu kaufen. Denn nichts reizt mehr als ein gut bezahlter Job ausgestattet mit ein bisschen Macht.

Die Revolution von 68 hatte längst ihre massive Kraft verloren und ihre grundlegenden Ideen verraten und Joschka Fischer, einer der berühmteren Vertreter der 68 – Bewegung saß sogar 1998 als Außenminister und Stellvertreter des Bundeskanzlers in der Neuen Regierung von Gerhard Schröder, nachdem er schon 1985 in der Landesregierung von Holger Börner Ursache für den Begriff des „Turnschuhministers" geworden war.

Inzwischen wurde jegliche Kritik als Aggression, gar Angriff auf selbst oft nicht mal verstandene Grundlagen des neu gebildeten Staates gesehen oder auch, gegen besseres Wissen, als solche interpretiert. Und dann war die Staatsmacht gefragt und sie griff brutal und ohne Skrupel ein.

Sicherlich waren Kampf und Zerstörung nicht die adäquaten Mittel, in einer Demokratie seiner Meinung Gehör zu schaffen, aber die Gegenwehr erfolgte grenzenlos brutal und zerstörerisch, als ob die protestierenden Kinder der sich verteidigenden Eltern potentielle Mörder allen vernünftigen Gedankenguts seien.

19. Epilog

Inmitten dieser Zeiten beantragte Bruno mehrere Genehmigungen für Unterrichtseinheiten angesichts ihrer Aktualität, die alle ohne Prüfung des Inhalts abgelehnt wurden, und man erinnerte sich dunkel an historische Revolutionsversuche und die Gegenrevolutionen, die dann mit von vielen Teilen der Bevölkerung akzeptierter Gewalt und Verboten ihre Ansichten von Staat und Staatsführung durchgesetzt hatten.

Die jungen Leute hätten gerne Informationen bekommen von Menschen, denen man Autorität zuschrieb, doch es gab keine Genehmigung vom Establishment. Eine für die Bundesrepublik symptomatische Erscheinung, die sich durch alle Epochen bis heute für die ewig Gestrigen bewährt hat.

Andy hatte als einer der ersten die Doppelmoral der damaligen Gesellschaft erkannt, obwohl sein Bildungsweg weit hinter dem von vielen seiner Kameraden lag, die Abitur anstrebten. Er arbeitete seit seinem fünfzehnten Lebensjahr, trank gerne mal einen auch über den Durst, hütete sich aber weitgehend vor Drogenkonsum.

Andy war einer der ersten, die in der Wohngemeinschaft auftauchten und nicht nahmen, ohne zu geben. Andy half, wo er konnte, und engagierte sich intensiv im abendlichen Leben. Er bewunderte Bruno und liebte Elfi, aber sie war für ihn unerreichbar und vor allem unantastbar.

Denn Andy hatte auch ein sehr stabiles moralisches Empfinden, was ihn immer wieder in Konflikt zu den vor allem nur Konsumierenden brachte. So war es nicht verwunderlich, dass Andy zum Freund der Wohngemeinschaft wurde, zum Freund, auf den man sich immer verlassen konnte.

Aber auch ihm war es nicht vergönnt, seine Generation zu überleben. So wurde er zum Symbol einer Generation, die um ihre Position und Berechtigung kämpfte, aber letztendlich doch angesichts der gesellschaftswahrenden Kräfte und ihrer historischen Bedeutung verlieren musste.

Denn die Welt kann in ihrer systemimmanenten und furchtbar langsamen Veränderung nicht verlieren gegen jugendliche „Hitzköpfe und gedankenlose Protestierer, die die im Schweiße ihres Angesichtes geschaffenen Werte der Alten in Frage stellen.

Und wenn diese unbelehrbaren und undankbaren Jugendlichen nicht einsehen, dass die Alten nicht zulassen, was sie fordern, und dies oft zu recht fordern, dann muss man sie im schlimmsten Fall eben politisch isolieren oder gar kriminalisieren, auch wenn es sich um die eigenen Kinder handelt.

Offensichtlich war es für die damaligen Alten schlimmer, ihr Fehlverhalten zuzugeben, als die Kinder zu brandmarken und dann zu verlieren. Denn das Erkennen der gröberen und dann feineren Zusammenhänge eines sozialen und politischen Gefüges können junge Menschen angeblich gar nicht leisten, „dies überlasse man denn doch besser den Profis".

Zeitfracht Medien GmbH
Ferdinand-Jühlke-Straße 7
99095 Erfurt, Deutschland
produktsicherheit@kolibri360.de